U0072393

少年萌經典

水滸傳
英雄好漢聚一方

施耐庵／原著
管家琪／改寫
俞家燕 D2／繪

【新版序】

一百零八位英雄好漢？

曾經看到一本地攤書，書名叫做《一百零五個男人和三個女人的故事》，猜得到這是什麼書嗎？

答案是：元末明初文學家施耐庵（約西元一二九六～一三七〇年）所寫的《水滸傳》。施耐庵在《水滸傳》中，描寫了一百零八位英雄好漢，其中有三位是女性。當然，你可以質疑「英雄好漢」這個詞，因為這一百零八位人士，大多都不是什麼良民。

就說那三位女性吧！「一丈青」扈三娘是強盜，武藝高強；「母大蟲」顧大嫂的「母大蟲」，指的就是「母老虎」，從這個稱號就可得知她體型壯碩，原本開飯店，後來和夥伴一起劫獄；「母夜叉」孫二娘也開飯店，但她開的是黑店，而且這個「黑」，還不是指菜餚飲品標價太貴，而是因為她專賣人肉包子，是真正的宰客。

《水滸傳》裡最有名的女性，當首推潘金蓮。她沒有綽號或稱號，是「行者」武松的嫂子，毒死了老公武大郎，是個殺人犯。她的故事，緊接在「武松打虎」的段落之後，是武松故事中濃墨重彩的一段。

其實，《水滸傳》當然不需要用什麼花裡胡哨的方式來吸引讀者，因為它本身就足夠精采。一百零八位所謂的英雄好漢，每個都有自己的故事，讀《水滸傳》就像是讀一百零八篇人物故事，數百年來，其中很多故事藉由說書、戲曲、木偶戲等不同的藝術形式，一直到現代影視，早已膾炙人口，被人們所熟悉。

在中國四大經典名著中，《水滸傳》問世最早，被推崇為中國有史以來第一部成功的白話長篇小說。一百零八位人物，很多都互相認識，因此，不時會出現在別人的故事裡，成為別人故事的配角。譬如，當林沖受到迫害，被判充軍，魯智深就一路在暗中保護林沖，使林沖免於遭到惡人殺害。

施耐庵用一條長線，把這一百零八位人物串聯在一起，那就是時代背景。《水滸傳》的故事背景是北宋末年，由於吏治敗壞，官逼民反，這一百零八位人士才會被「逼上梁山」，陸續來到梁山泊（位於今山東省內）聚眾起義。

有了這條長線，一百零八位人物的故事就始終緊密的聯繫在一起。在這裡，你將看到最具代表性的幾個故事。

水滸傳的誕生

《水滸傳》的作者是施耐庵，他出生於元朝末年，父親是幫人撐船渡河的船夫，家境非常貧苦。
耐庵是他的別號，真正的號是子安，字是肇瑞。
家裡太窮沒錢讓我上學，所以我從七歲開始自學。
施耐庵十三歲時終於到私塾上學，十九歲時考上秀才，還和老師的女兒結婚。
天作之合
接著，施耐庵又考上舉人，三十五歲時考上進士，同期考上的還有明朝開國功臣之一的劉伯溫。
我和劉伯溫很聊得來喔！
後來，施耐庵當了縣長，但因為惹怒元朝官員，決定辭職。
我不想當縣長了！
什麼！

辭官後的施耐庵回家鄉教書，還收了羅貫中當學生。
羅貫中。
有！
我就是後來寫《三國演義》的那個人喔！
除了教書，我也開始寫《水滸傳》這本小說。
這是第一本由「講史」演繹出來的英雄傳奇作品，裡面的人物曾被記載在《宋史》中。
把宋江這些人在山東造反的故事改編成小說，
一定很吸引人。
小說中一共有一百零八位綠林好漢，
我是「豹子頭」林沖！
每個人都有一個很酷的頭銜。
我是「母夜叉」孫二娘！
他們齊聚在水鄉「梁山泊」，宋江是他們的首領。
我的頭銜是「及時雨」，有種被需要的感覺。

這一百零八人本來並不是壞人，但卻官逼民反，通通被逼到梁山。
我們一起去梁山泊吧！
聽說那裡專門收留我們這種人。
施耐庵一邊寫書，一邊也加入反抗元朝的張士誠陣營，並成為他的軍師。
從興化可一路打到蘇州。
施軍師說得很有道理！
不過，施耐庵因為理念不合離開張士誠，好友劉伯溫於是想將他介紹給朱元璋。
你這麼有才，我幫你介紹給朱元璋吧！
我不要。
朱元璋後來成為明朝皇帝，當他看到《水滸傳》後，感到非常生氣。
這本書就是在鼓勵大家謀反！把作者抓來！

施耐庵入獄後，被羅貫中救出，卻死在返家途中。羅貫中幫老師整理好的《水滸傳》書稿，卻無法順利印刷成書。
你這本是禁書，我們沒人敢印啊！
過了一百多年，《水滸傳》才終於出版，
但卻出現很多種版本。
一百二十回
一百回
七十回
你想看的是哪本水滸傳呢？
七十回本、一百回本、一百二十回本，要選哪一本啊？
不只版本多，連評價都很兩極。
這本書好讀！不讀《水滸》，不知天下之奇。
這本書根本就是在幫那些強盜土匪找做壞事的理由，太不應該了！
儘管如此，《水滸傳》還是以鮮明的角色和緊湊的情節，
吸引一代又一代的讀者。
一百零八條好漢的故事太多會講不完，
所以這裡只挑幾個重要角色的故事講喔！

水滸綠林好漢

天微星

史進

綽號：九紋龍
特徵：史家莊少主，肩膀、手臂和胸膛上，一共紋了九條龍。

天孤星

魯智深

本名：魯達
綽號：花和尚
特徵：脊梁上有花繡，又誤打誤撞出家當和尚。

天雄星

林沖

綽號：豹子頭

特徵：豹頭環眼、燕頷虎鬚，八十萬禁軍槍棒教頭，和魯智深是結拜兄弟。

天暗星

楊志

綽號：青面獸

特徵：曾經當過殿司制使官，臉上有一個顯眼的青色胎記。

天傷星

武松

綽號：行者、武二郎

特徵：身高八尺，相貌堂堂，渾身上下有千百斤力氣，知名的打虎英雄。

水滸綠林好漢

天魁星

宋江

綽號：及時雨

特徵：仗義疏財，扶危濟困，能適時對人伸出援手，後成為梁山泊首領。

天英星

花榮

綽號：小李廣

特徵：被譽為如西漢武將「李廣」神射手般的箭藝高超，和宋江是老朋友。

地狀星

孫二娘

綽號：母夜叉
特徵：經營一家人肉包子酒店，父親是「山夜叉」孫元，丈夫是「菜園子」張青。

天慧星

石秀

綽號：拚命三郎
特徵：一看到不公不義的事，不管對方是誰都會捨身相救。

天牢星

楊雄

綽號：病關索
特徵：在刑場當劊子手，鳳眼朝天、面貌微黃，和石秀是結拜兄弟。

目錄

叁 有所為，有所不為

肆 各路好漢齊聚梁山泊

壹

伏魔之殿妖魔竄動

三十六個天罡星，
七十二個地煞星，
共一百零八個妖魔

第一章 楔子

自五代十國以來，天下總是干戈不息，戰禍不斷，直到北宋建立，天下才開始逐漸太平。

尤其是仁宗在位期間，更是景況大好，百姓都能安居樂業。

傳說仁宗皇帝是天上赤腳大仙轉世，剛出生的時候，日夜啼哭不止，御醫束手無策，朝廷只好貼出黃榜，徵求名醫為太子治病。有一位老先生揭了黃榜，說他有辦法，保證能立刻止住太子這種不尋常的啼哭。官員把老先生帶到殿前，朝見當時在位的真宗皇帝；老先生抱著太子，在太子耳邊悄悄說了八個字，太子竟奇蹟般的停止了啼哭，老先生也頓時化作一陣清風而去。原來老先生是太白金星，領了玉皇大帝的旨意下凡，他悄悄在太子耳邊所說的那八個字是「文有文曲，武有武曲。」意思是要太子不必擔心，玉皇大帝已差遣了紫微宮中兩座星辰，特地下凡要來輔佐仁宗；文曲星指的是南衙開封府主龍圖閣大學士包拯，武曲星指的則是征西夏國大元帥狄青。

仁宗登基之後，在位四十二年，改了九個年號；一直到他在位的前二十七年之間，確實天下太平，是難得的盛世。誰知好景不常，到了嘉祐三年的春天，忽然瘟疫盛行，從江南一直到兩京，感染此症的百姓不計其數，苦不堪言。

仁宗皇帝趕緊召集文武百官，共商對策。

這天，仁宗派殿前太尉洪信到江西龍虎山去請張天師來消災救命。洪太尉領了聖旨，即刻出發，馬不停蹄、披星戴月的趕到了龍虎山「上清宮」。

張天師不在宮中，心急的洪太尉便獨自上山尋找，結果非但沒有找到張天師，還在很短的時間之內，陸續碰到了一隻大老虎和一條大蟒蛇，嚇得洪太尉魂飛魄散，以為自己死定了，但說也奇怪，大老虎和大蟒蛇都沒有傷害他。

不久，他又在山上遇到一個小道童，道童倒騎著黃牛，橫吹著一管鐵笛。道童說他是專門服侍張天師的，還說張天師早就已經算到仁宗皇帝想找他幫忙，已經主動駕著仙鶴去了，要洪太尉放心的離去。

洪太尉半信半疑的回到山下的上清宮，不料宮中的眾人告訴他，其實他在山上遇到的那個小道童就是張天師，說張天師雖然年幼，道行卻很高，世人都稱之為「道通祖師」。不過大家也都要洪太尉放心，既然張天師已經那麼說，等到洪太尉回到京師的時候，該做的法事一定已經都做完了。

任務完成，洪太尉在眾真人的提議之下，心情輕鬆的到處參觀，想稍事休息之後便啟程返回京師。

當他差不多把宮前宮後全部都看遍了的時候，經過一棟房子，四周都是紅泥牆，沒有窗戶，正面兩扇朱紅色的大門上，有一個像胳膊粗的大鎖牢牢的鎖著，還交叉貼著十幾道封條，封條上又重重疊疊的蓋著朱印。洪太尉抬頭一看，大門上有一塊朱紅漆金字的匾額，上面寫著四個金字「伏魔之殿」。

洪太尉好奇的問：「這是什麼地方？」

在旁陪同的真人回答：「是前代老祖天師鎖鎮魔王的地方。」

「為什麼上面貼了那麼多的封條？」

「因為最初大唐『洞玄國師』貼了封條把魔王封鎖在這裡，後來每傳一代天師，便親手貼上一道封條，到今天已經傳了八、九代祖師，都不敢開；前代老祖天師曾經再三告誡，絕不可妄加打開，否則若讓裡面的魔王跑了出來，後果不堪設想。」

洪太尉聽了，更加好奇，便對真人說：「快打開來讓我看看，我想看看魔王是什麼樣子。」

真人說：「太尉，這萬萬不可以！先祖天師一再叮嚀，子子孫孫任何人都不得打開。」

太尉說：「胡說！我才不信真的會有什麼魔王，一定是你們故弄玄虛，想要顯耀你們的道術，煽惑善良百姓。快給我打開！要不然等我回到朝廷之後，就上奏你們私設什麼『伏魔之殿』，愚弄鄉民！」

真人懼怕太尉的權勢，只得無奈的召來幾個工人，先把封條統統撕了，再用鐵錘敲開大鎖。

眾人把門推開，只見裡頭一片漆黑，伸手不見五指。太尉教人取了十幾支火把來，四下一照，發現殿內什麼都沒有，只在中央有一塊石碑，高約五、六尺，下面有一隻石龜馱著，一大半陷在泥裡；上前用火把照那石碑，只見上面密密麻麻刻著一大堆沒人看得懂的文字，但碑後面，另外刻了四個大字「遇洪而開」。

洪太尉得意的對真人說：「『遇洪而開』？這不就是說等著我來

開嗎？快把這塊石碑挪開！」

洪太尉不顧真人的勸阻，堅持要人先把石碑放倒，掘起那個石龜之後，再繼續往下掘，掘到三、四尺深時，發現了一塊大青石板。

真人又哀求道：「別動了吧！」

洪太尉哪裡肯聽，眾人只得聽令，合力把石板扛起來，往下一看——

下面還是什麼也沒有，只有一個萬丈深的地穴。大家正在張望，地穴內忽然發出轟隆一聲巨響，隨著這聲巨響，一道黑氣從穴底深處迅速衝了上來，一口氣就掀塌了半個殿角，還一路衝到半空中，才又化作百十道金光，散到四處去了。

眾人都大吃一驚，扔了鋤頭、鐵鍬，尖叫著四處奔逃。

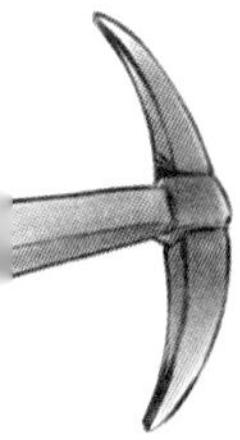

洪太尉也目瞪口呆，嚇得面色如土，顫抖的問道：「方才那就是妖魔？是什麼樣的妖魔？」

真人說：「是三十六個天罡星，七十二個地煞星，一共一百零八個妖魔，如今放回人間，日後必定會鬧得天下大亂！」

洪太尉聽了，渾身發抖，冷汗直流，懊悔不已。

他急急收拾了行李，提早返回京師，臨行前吩咐真人趕快將「伏魔之殿」修復成原來的模樣，而且千萬不要把這件事走漏出去。

幾十年之後，在位的是哲宗皇帝……

共而開

貳

以惡制惡，以暴制暴

史進・魯智深・林沖・楊志

第二章 九紋龍史進

史進是史家村裡的一個年輕人。史家村位於華陰縣界，前面有一座少華山，村裡有三、四百戶人家，都姓史。

史進的父親，大家都稱呼他為「太公」，他們家就叫做「太公莊」，是村裡很大的一所莊院，光是周圍土牆外的柳樹就種了兩、三百棵。

太公的年紀已經很大了，頭髮和鬍鬚都已花白，為了史進這個兒子頗傷腦筋。史進從小就對務農這一類的事毫無興趣，只愛玩棒耍棍，他母親說他、罵他都沒什麼用，最後幾乎可以說是被他活活氣死的。後來，太公也就只好隨他，花了好多錢，陸續請了好幾個師父來教他棍棒功夫，又應史進的要求，請了手藝高超的師父替他紋身，在他的肩膀、手臂和胸膛上總共紋了九條龍，從此村人都叫他「九紋龍」史進。

在史進十八、九歲的某一天，他正打著赤膊在家中後院的

空地上使棒，有一個人看到史進在練棍棒功夫，不覺停下來看著，看了一會兒脫口而出道：「這棒使得也還算不錯，只是有破綻，碰到真好漢時是贏不了的。」

這話被史進聽到了，非常生氣，看看說話的人，是一個他從未見過的陌生人。

年輕氣盛的史進大怒道：「你是誰？居然敢笑話我的本事！我至少拜過七、八個有名的師父，我不相信我會不如你，你敢和我比一比嗎？」

話剛說完，陌生人還沒來得及搭腔，太公過來了，斥責著史進：

「別這麼沒有禮貌！」

史進氣呼呼的說：「這傢伙居然敢取笑我的棒法！」

「哦？」太公一聽，轉身問道：「難道客人也會使棒嗎？」

「是會一些，請問這位年輕人是您的——」

「是我的兒子。」

「既然是您的兒子，我就指點他一下，怎麼樣？」

「那當然好啊！」太公說罷，就教史進過來拜師父。

史進哪裡肯拜，大怒道：「父親您別聽這傢伙胡說八道，等他打得過我，我再拜他為師也不遲！」

他揮舞著手中的棍棒，把棒子使得像風車猛轉似的，堅持要和陌生人較量較量。

陌生人笑笑的說：「不好意思，那就得罪啦！」

陌生人才剛從架上拿了一根棒子，史進就大叫一聲，抓了棒子朝著陌生人直衝過來，陌生人微笑以對，才一個回合就打掉了史進手中的棒子，史進整個人也向後一倒，重重的跌坐在地上。

陌生人趕緊丟開棒子，上前把史進攙起來，嘴裡還頻頻道歉。史進爬起來之後，趕快到旁邊搬來一張凳子，請陌生人坐，並且恭恭敬敬的說：「虧我還拜了那麼多的老師，自認為已經擁有一身的好功夫，到今天才知道，原來一文不值！師父，請您好好的教教我吧！」

陌生人慨然同意，「我和我母親在府上打擾了好幾天，正感到過意不去，我很樂意能為你盡點心力。你過去學的都是花棒，只好看，上陣就沒用了。」

太公很高興，正好到了吃飯時間，就吩咐家僕宰了一隻羊，安排了一頓豐富的宴席，請客人和他母親一起用餐。席間太公向客人敬酒，說：「師父的本事如此高強，想必一定是一位教頭吧！」

大約七天前，此位客人和他母親來太公莊借宿時，只說他姓張，是京師人，和母親正要去延安府找親戚，因為只顧著趕路，錯過了旅店，只好硬著頭皮來借宿；原來母子倆只打算借住一個晚上，沒想到老太太因為旅途勞累，身體不適，無法繼續行程，太公好心，便留他們多住了幾天，還請來醫生為老太太看病。這天，這位「張先生」看母親情況好轉，正打算要告辭了。

現在，「張先生」見太公已猜出他真實的身分，便決定不再隱瞞，坦誠以告。原來他不姓張，而姓王，叫做王進，是京師八十萬禁軍教頭，因為得罪了新任的殿帥府太尉高俅，在一個多月前，才帶著老母親連夜出逃。

太公父子聽了之後，當然是立刻請王進母子儘管放寬心在太公莊住下來，這樣王進就可以好好的教史進一些真功夫。

這一教，就教了半年以上。在王進悉心指導、史進本身也很認真的情況之下，史進終於把槍、棒、矛、錘等十八般武藝，統統都學得相當熟練了。

王進眼看自己的任務達成，便堅持還是要按照原訂計畫，前往延安府。史進怎麼苦苦挽留都留不住，只得依依不捨的和師父拜別。

王進離開之後，史進每天還是非常認真的練習武藝。他正值身強力壯的年齡，又還沒有娶親，對武藝以外的事也一概沒有興趣，全副心思都在武藝上面，甚至經常三更半夜就起來練武。

不到半年，太公過世了，史進也不過問莊裡大大小小的瑣事，每天還是照樣舞槍弄棒，要不就是與人切磋武藝，大家都很佩服他的本領高強。

又過了三、四個月，到了六月中旬，天氣開始炎熱的時候，史進聽說史家村前面的少華山被一夥強盜占領，逼得獵人都不敢上山打獵。史進非常憤怒，便把村民們組織起來，還教大家準備武器，設立哨站，提防強盜搶劫，並且揚言只要一有機會與強盜正面遭遇，就要積極作戰，把他們統統抓起來送官！

聚集在少華山上的強盜大約有六百多人，共有三個首領，每個人都有一項稱呼——一個叫做「神機軍師」朱武，一個叫做「跳澗虎」陳達，還有一個叫做「白花蛇」楊春。

這天，三個首領商議要去哪裡打家劫舍，陳達想去華陰縣，楊春則力主去蒲城縣。陳達覺得很奇怪，「為什麼要去蒲城縣？蒲城縣人家稀少，錢糧並不多；不如去華陰縣，那裡的人口多，百姓也都比較富有。」

楊春說：「可是如果要打華陰縣，就一定會經過史家村。史家村有一個『九紋龍』史進，是一個不好惹的人物，他一定不會讓我們借道過去的。」

陳達一聽，很不以為然，「哼！他『九紋龍』不好惹，我『跳澗虎』也不好惹呀！你實在是太懦弱了，如果連一個小小的村子都過不去，咱們還怎麼抵擋得了官兵！」

楊春說：「話不是這麼說，你可千萬別小看他，那傢伙確實是很厲害！」

就連不會武術，只會動腦筋的朱武也說：「我也曾聽說史進這個人是有真本事，十分英勇。」

陳達更加火大，嚷嚷道：「你們兩個趕快給我閉嘴！別在這裡盡是長他人志氣，滅自己威風！同樣是人，又沒有三頭六臂，我就不相信這小子會有多厲害！」

於是，不顧朱武和楊春如何勸阻，陳達還是披掛上馬，率領一百多個小嘍囉，揚言要「先打史家莊，後取華陰縣」，然後就鳴鑼擂鼓的衝下山去了。

朱武和楊春只好在山上忐忑不安的等著。不久，消息傳來，陳達與史進正面交鋒，鬥了個把時辰，陳達不敵英勇無比的史進，被史進生擒，此刻正綁在他家莊院庭中的一根柱子上。

「怎麼辦？怎麼辦？陳達這傢伙不肯聽我們的勸，現在果然壞事了！」朱武和楊春都很著急，決心要營救陳達。

朱武說：「既然史進這小子真的這麼厲害，如果跟他硬拚，我們不一定能占到便宜，我聽說此人頗有英雄氣概，不如咱們冒險來使一招『苦肉計』吧！」

他們不帶任何嘍囉，不帶任何武器，徒步走到史家村太公莊，跪在太公莊前。

史進聽說山寨裡另外兩個強盜頭子來了，正打算又要大戰一場，卻看到那兩個傢伙居然眼淚汪汪的跪在家門口，不由得一頭霧水，大喝道：「你們兩個跪在這裡做什麼？」

朱武哭著說：「我們三個都是因為被官司所逼，不得已才上山做

強盜，結為兄弟，當初曾經發誓——不求同年同月同日生，只求同年同月同日死。現在小弟陳達既然被你抓住了，我們特地前來陪他一起死！」

史進大吃一驚，心想：「乖乖！這三個強盜頭子還真講義氣！我如果抓了他們去官府討賞，反而會教天下好漢們恥笑我不是英雄！」結果，史進不但主動放了陳達，還招待他們大吃一頓，並且竟然和他們交上了朋友，從此來往頗為頻繁。

這樣過了一段時間，快要到中秋節的時候，史進派了一個名叫王四的人送了一封信到山上，邀請三個強盜頭子中秋節那天下山聚餐賞月。王四因為在山上多喝了幾杯酒，回來時路過一片樹林，竟倒地就睡；就在他醉得不醒人事的時候，有人偷了他懷中所有值錢的東西，包括朱武等人寫給史進的回信也一併被拿走。

因為華陰縣出了三千貫賞錢，要捉拿朱武等三人，如今那封回信不但可以證明史進竟然與盜賊暗中往來，還說明朱武等三人將在中秋節那天現身史家村太公莊，是很有價值的情報。

王四酒醒之後，發現弄丟了回信，怕被史進責罵，就刻意不提有回信的事，只說朱武三人將在中秋節那天欣然赴會。

到了中秋節那天，史進和朱武三人正在高高興興的喝酒，忽然間莊外人聲嘈雜，原來是官府派人要來捉強盜，官兵已經把太公莊層層包圍了！

朱武三人跪在地上，求史進把他們交出去，說以免連累了他，但是史進認為這樣做太沒義氣，斷然拒絕。

史進弄清楚了事情的來龍去脈之後，先一刀宰了誤事的王四，再與朱武、陳達、楊春三人燒了莊院，殺出重圍，逃回少華山。

後來，朱武等人勸史進乾脆就留在山上，和他們一起當強盜，史進說：「我是一個清白的好漢，絕不能做強盜，那樣會辱及我死去父母的名聲！」

史進在山上休息了幾天之後，就下山往延安府的方向前進，打算去找他的師父王進。

第三章　花和尚魯智深

魯智深原名魯達，他之所以會出家做和尚，完全是誤打誤撞；而因為他脊梁上有花繡，所以後來江湖上都稱他為「花和尚」。

他原來是渭州的一個提轄官，為人正直，喜歡打抱不平，就是性格頗為魯莽；而就因為這魯莽的性格，最後為他自己惹來了禍事。

有一次，魯達正和朋友在一家酒樓吃飯喝酒，閒話家常，聊些武藝，聊得正開心、正起勁兒的時候，忽然聽到隔壁傳來嗚嗚咽咽的啼哭聲。

魯達當場覺得十分掃興，眉頭一皺，嘟囔一句：「哭什麼呀！」便要店小二把隔壁哭哭啼啼、打擾他和朋友喝酒的人給帶過來。

不久，店小二領著兩個人來了，一個是十八、九歲的少婦，一個是五、六十歲的老頭兒，手裡拿著一串拍板。看那少婦，雖然還算不上是絕色佳人，倒也頗有幾分動人姿色。

魯達問他們倆是哪裡人？為什麼哭得這麼傷心？

那少婦拭著眼淚，先懇求魯達原諒他們父女倆無意中的打擾，繼而向魯達訴說了他們悲慘的遭遇。

原來，他們尋親不遇，淪落到了渭州，女孩被此地一個叫做「鎮關西鄭大官人」的財主強行霸占，說要把她買去做妾；不過，雖然說是要「買」，也寫了三千貫的文書，但實際上根本分文未付，而且還不到三個月，鄭大官人的大老婆竟硬生生的把他們父女倆給趕了出來；更可恨的是，居然還一直催討著要他們還那三千貫的彩禮錢！那三千貫，父女倆根本一毛也沒拿到，現在哪來的錢還？只好天天上這酒樓唱些小曲子賣藝籌錢。今天生意冷清，父女倆一方面擔心無法在期限之前籌出錢來，一方面也是愈想愈傷心、愈想愈懊惱，一時悲從中來，才忍不住啼哭……

魯達聽了父女倆不幸的故事，非常義憤，桌子一拍，就大吼道：「居然會有這種事！你們說的那個『鎮關西鄭大官人』住在哪裡？」

老頭兒說：「『鄭大官人』就是狀元橋下賣肉的鄭屠，綽號『鎮關西』。」

「呸！」魯達不屑道：「我還以為是哪一個『鄭大官人』呢，原來是殺豬的鄭屠！一個殺豬的，居然也敢自稱是什麼『鎮關西』，還敢這樣欺負人，實在是太可惡了！我非要好好的教訓教訓他不可！」

他先籌了些錢，送給這對父女，讓他們離開渭州。第二天一早，便動身到狀元橋去。

那鄭屠的店面還不小，魯達到的時候，鄭屠剛巧就在店裡，他認出魯達，趕緊吩咐伙計搬張凳子來請魯達坐下。

魯達說：「我奉經略相公的命令要十斤精肉，細細的切成肉末，上面不能有半點肥肉。」

「好的。」鄭屠轉頭便吩咐伙計。

但是魯達說：「不，我要你親自切。」

「好吧！」鄭屠只好在肉案上挑了十斤精肉，細細的切成肉末，一切就切了半個時辰。

切好後，鄭屠用荷葉把肉末包起來問道：「提轄，要我派人送去嗎？」

魯達粗聲粗氣的說：「送什麼！我還要十斤肥肉，也要細細的切成肉末，上面不能有半點精肉。」

鄭屠覺得很奇怪，「那十斤精肉，大概是要包餛飩，這十斤肥肉，還要切成肉末，不知道要做什麼用？」

魯達瞪著他，「這是經略相公親自吩咐我的，誰敢問他！」

「說得也是。」鄭屠只得又挑了十斤肥肉，又切了半個時辰，切成細細的肉末，同樣用荷葉包起來。

「我派人送到府裡去吧？」鄭屠問。

魯達還是凶巴巴的說：「送什麼！還沒完呢！我還要十斤寸金軟骨，也要切成細末，上面不能有一點兒的肉屑。」

鄭屠聽了，陪著不大自然的笑臉說：「您今天不是特地來消遣我的吧？」

魯達一聽，立刻跳起來暴怒道：「沒錯！我就是來消遣你的，我還要找你算帳呢！」

說罷，就將先前那兩包肉末猛力朝鄭屠擲過去，荷葉散開，立刻下了一陣「肉雨」。

鄭屠也大怒，從肉案上操起一把剔骨用的尖刀，就朝魯達衝了過來。魯達早就退到了街上，等著與鄭屠大打一架。附近的商家和街上的行人，都停住了腳步圍觀，誰也不敢上來勸架。

鄭屠右手持刀，左手就要來揪魯達，魯達趁勢按住他的右手，往他小腹上狠狠踢了一腳！鄭屠被踢倒在地，魯達又跨上前去，一腳踏在他的胸膛上，掄起活像醋缽兒大小的拳頭，對準鄭屠大罵道：「我們經略相公，做到關西五路廉訪使，叫個『鎮關西』還差不多，你只不過是一個殺豬的，也敢自稱『鎮關西』，你是什麼東西！居然還敢強娶民女！」

罵聲剛落，魯達一拳就打在鄭屠臉上，正中他的鼻子，打得鄭屠鮮血直流。鄭屠的胸膛被魯達重重的踩住，掙脫不開，那把尖刀也早就摔在一邊，但仍嘴硬道：「好，打得好！」

魯達更火，「什麼？還敢回嘴！」他掄起拳頭，朝著鄭屠眉梢眼眶的地方又是一拳，把鄭屠的

眼珠子都要打出來了。

鄭屠滿臉是血，到這個時候才開始曉得害怕，拚命討饒。

「哼！沒用的東西！」魯達喝道：「你如果有點骨氣，和我硬到底，我還會饒了你，你現在求我，我反而饒不了你！」

罵完又是狠狠一拳，這一拳正好打在鄭屠的太陽穴上，鄭屠立刻頭一歪，沒氣了。

「糟了！」魯達心裡暗叫不妙，「怎麼才三拳就真的把他給打死了？這下要吃官司了，我還是趁早溜吧！」

主意打定，魯達就故意大聲嚷嚷著：「哼！你這個傢伙裝死，今天我就暫且先饒了你，改天再和你繼續算帳！」然後邊罵邊邁開大步離開，周圍看熱鬧的人，沒有一個敢攔他。

魯達回到住處，匆匆忙忙收拾了一點東西，就急著離開渭州，出城去了。

他心慌意亂的逃了半個月，來到了代州雁門縣。走進城裡，發覺這裡車水馬龍，雖然只是一個縣治，卻像州府一樣的熱鬧。走著走著，看到好多人擠在一個十字路口看榜；儘管魯達不識字，但他一時好奇，便也擠在人群中聽著；不聽還好，一聽嚇一跳，原來這是一張捉拿他的告示！

正在心驚，突然有人在他背後大叫一聲：「哎呀！老鄉，你怎麼會在這裡？」說完就從後面拖住他，不由分說把他拖出人群，拖離十字路口。

仔細一看，魯達這才發現，拖他的人原來竟是他在渭州酒樓所搭救的那個老頭兒。

老頭兒把魯達拖到一個僻靜的地方，這才小聲的說：「恩人，您好大膽！官府明明張貼著公文要抓您，您還敢去看榜！」

老頭兒告訴魯達，他們父女倆來到這裡之後，遇上一個剛巧也來這裡做買賣的老鄉，在他牽線做媒之下，把女兒嫁給當地一個有錢的趙員外做了小老婆，從此父女倆就過著豐衣足食的生活。老頭兒感激的說，這種好日子全是魯達帶給他們的，他和女兒經常會想起他、惦記他，總希望能有機會報恩，就連那趙員外也總說希望有一天能見見恩人，當面報答。

老頭兒把魯達帶到趙員外家，一進門就嚷嚷著：「女兒，快出來，大恩人來了！」

女孩出來，一見到魯達，馬上「咕咚！」一聲拜倒在地上說：「多謝恩人！如果不是恩人搭救，我們怎麼會有今天！」

魯達看到女子濃妝豔抹，穿得也很好，比在酒樓初見時，那副可憐兮兮的模樣要漂亮許多。

魯達在趙員外家住了好幾天，其實也就是躲藏了好幾天，但是這樣下去畢竟不是辦法，何況外頭緝捕他的風聲似乎愈來愈緊。趙員外於是拚命苦思，到底該怎麼樣把魯達安置到一個安全的地方？怎麼樣才能讓魯達澈底躲過官府的捉拿？

想了很久，趙員外有了一個點子——離這裡大約三十幾里，有一座五臺山，山上有一個文殊院，寺裡有六百多個和尚，住持智真長老是趙員外的弟兄。趙員外於是問魯達，願不願意到五臺山文殊院去落髮做一個和尚？那樣就安全了。

魯達心想，自己失手打死了人，犯了死罪，不論到哪裡都不便投奔任何人，看來也只有「出家」這一條路了，便回答：「我本來就是一個該死的人，只要能有一個安身之所，有什麼不肯？」

於是，魯達就在趙員外的安排下，上了五臺山。

在剃度之前，好幾個僧人把智真長老拉到一邊，悄悄的說：「這人一臉凶相，還一雙賊眼，哪裡像是要出家的模樣？還是別收他，收下他只怕將來會帶來很多麻煩。」

但是智真長老礙於趙員外的情面，不顧眾僧人的反對，還是決定要收下魯達，選了一個黃道吉日，替他剃度。

剃完頭髮，正要剃鬍鬚時，魯達突然開口說：「這些鬍鬚就讓我保留下來吧！」

眾僧人都為魯達的不懂事而忍不住紛紛笑了出來。

智真長老說：「寸草不留，六根清淨，統統剃了！」

剃完之後，智真長老又說：「靈光一點，價值千金。佛法廣大，賜名智深。」

從此，魯達就這麼陰錯陽差的成了「魯智深」。

不過，眾僧人原先的顧慮並沒有錯，成了「魯智深」之後，魯達魯莽暴躁的脾氣一點也沒有改，也始終難以適應寺裡那許多的清規戒律，因而鬧了不少事。幾個月之後，魯智深在智真長老的安排之下離開五臺山，往京師大相國寺投奔住持智清禪師去了。

在京師，魯智深結識了八十萬禁軍槍棒教頭林沖——人稱「豹子頭」，兩人還義結金蘭，成為拜把兄弟。

第四章 豹子頭林沖

一天，林沖和妻子到東嶽廟去燒香還願。這天，是林沖噩運的開始。

他剛走遠，在後頭與人說話，家裡的丫鬟忽然神色驚慌的跑來找他，說她們在前面碰到幾個壞人，那幾個傢伙看夫人長得漂亮，竟不三不四的糾纏著夫人。

林沖怒氣沖天的趕過去，果然看到一個傢伙背對著自己，正攔住他的妻子，不讓她過去，旁邊還有幾個人，顯然都是那好色之徒的同夥，他的妻子則面紅耳赤，窘迫萬分，不知如何是好。

「大膽狂徒！光天化日之下，居然也敢調戲良家婦女，該當何罪！」林沖大步上前，一手把那背對著自己的傢伙扳過來，另一手掄起拳頭，正打算朝那傢伙的臭臉狠狠的揍下去——

不料，把那傢伙一扳過來，林沖立即就認出，原來這個大膽的色狼竟然是高衙內！

高衙內是殿帥府太尉高俅的乾兒子，人稱「花花太歲」，仗著高太尉的權勢，總是為非作歹，尤其特別喜歡欺負漂亮的女子。

但無論如何，林沖身為八十萬禁軍教頭，這一拳是怎麼樣也打不下去了，只得把滿腔怒火勉強壓下來，快快的放開高衙內，心裡卻還是老大不痛快。

而高衙內呢？既然得知原來自己調戲的是林沖的妻子，當然只好尷尬的罷手，但是心裡也很氣，氣林沖不該壞了自己的好事。而且也不知道是不是「愈得不到的愈覺得稀罕」，高衙內回到府內之後，竟還一直對林沖的妻子念念不忘，一連好幾天都為此悶悶不樂。

高衙內手下為了討好他，獻計不妨找林沖多年好友陸謙來幫忙。陸謙也是一個不講道義的小人，明知高衙內是要做壞事，由於不敢得罪他，竟也昧著良心答應了。

這天，陸謙約林沖到他家去吃飯喝酒，林沖心情正不好，見老友來約，當然就去了。

兩人走到街上，看到一家酒樓，陸謙突然改變主意，對林沖說：

「算了，咱們別到家裡去了，就在這裡吃吧。」

席間，林沖還對陸謙推心置腹，大發牢騷的說：「男子漢空有一身本事，偏偏遇不到明主，只得屈就在這幫小人底下，受這種窩囊氣！」

陸謙在聽了林沖不痛快的緣由之後，則勸慰道：「算了，那只是一場誤會，只不過是因為高衙內不認得嫂子罷了！事情過去就算了，來，喝酒喝酒！」

吃了一會兒，林沖下樓想要上廁所，剛下樓就看到家裡的丫鬟慌慌張張的衝過來嚷嚷道：「老爺，我到處找您，原來您在這裡！」

林沖立刻有一種不祥的預感，「怎麼回事？」

丫鬟上氣不接下氣的告訴他，他和陸謙剛離開家不到半個時辰，就有一個人急急忙忙的跑到家裡來，說林沖在陸謙家喝酒時，一口氣喘不過來突然倒在地上昏過去，要他的妻子趕快過去看看；他的妻子一聽，當然很著急，馬上就帶著丫鬟趕到陸謙家，哪曉得到了陸謙家之後，看不到陸謙，也看不到林沖，卻看到那天在東嶽廟碰到的壞人正等在那裡，又對林沖的妻子百般糾纏，丫鬟看情況不妙，趕緊跑出來在街上胡亂尋找，想要盡快找到老爺去救夫人。

林沖大吃一驚，馬上三步併做兩步的跑到陸謙家，剛跑到門口就朝著樓上放聲大叫：「娘子，我來了！」

還在糾纏林沖妻子的高衙內聽出是林沖的聲音，也嚇了一跳，急忙跳窗逃走。

儘管林沖及時趕到，妻子還不曾被高衙內碰到半根汗毛，林沖還是怒不可遏，先搗毀陸謙家，護送妻子回家之後，又抓了一把尖刀回到方才與陸謙喝酒的酒樓，要找陸謙算帳。陸謙早就溜了。林沖帶著尖刀又回到陸謙家，在他家門口等著，等了一夜，陸謙都不敢回家。

林沖的妻子一直勸他：「我又沒有吃虧，就算了吧！別把事情愈鬧愈大。」

林沖則怎麼樣也嚥不下這口氣，大怒道：「陸謙這畜生！我和他從小就玩在一起，就像是親兄弟一樣，他居然也敢來騙我？」

後來，林沖得知陸謙躲在太尉府內，又跑到府前一連等了三天，陸謙還是不敢露面。府前人來人往，大家儘管好奇和關心，但是看林沖的臉色那麼難看，也沒人敢問他。

到了第四天，魯智深聽說林沖心情鬱悶，特地來找他，陪他散步、談心，林沖緊繃的心緒這才慢慢緩和下來。從此魯智深天天來陪林沖，林沖這才漸漸釋懷，打算不再計較了。

但是相反的，高衙內對林沖卻日益恨之入骨，尤其是自從那天在陸謙家跳窗逃走，又惱又氣，受了很大的驚嚇，因此臥病在床。

而是非不分的高太尉，在得知乾兒子生病的原因之後，非但不責怪乾兒子，反而聽信了小人的讒言，又設下一條詭計要陷害林沖。

這天，林沖在街上偶然買到了一口寶刀，第二天，就有兩個人，自稱是太尉府內當差的，來到林沖家，說高太尉得知他買到了一口好刀，要他拿著刀到太尉府內去讓太尉看看。

林沖儘管心裡犯嘀咕，抱怨不知道是哪一個多嘴的傢伙，把自己買寶刀的事告訴了高太尉，但仍然不疑有他，提了寶刀就跟著來人來到了太尉府。

林沖曾問兩個公差：「咦？我好像從來沒見過你們兩位？」

兩人回答：「我們是最近才剛到府裡來的。」

到了太尉府，才剛走進前廳，林沖就停住了腳，兩個公差說：「太尉在裡面後堂內等您。」轉入屏風，來到後堂，還是沒看到高太尉，林沖又停了下來，兩個公差又說：「太尉在裡面，快走吧！」

林沖只好又跟著他們走過兩、三道門，來到一座廳堂前面，兩個公差說：「教頭，請您在這兒稍等一會兒，我們這就去稟告太尉。」

林沖拿著刀，耐心的在屋簷下等著。等了好一會兒，遲遲不見那兩個公差回來，林沖開始起疑，探頭往廳堂裡一看，這才赫然看到裡頭掛了一個匾額，上面寫著「白虎節堂」四個大字！

「糟了！」林沖大驚，暗忖道：「原來這裡是『白虎節堂』！是

白虎節堂

商議軍機大事的地方，怎麼可以隨便讓我進來？」

林沖正急急的想退出去，忽然聽到後面傳來一陣腳步聲，回頭一看，進來的人竟然正是高太尉！

林沖立刻捧著刀向前行禮，高太尉卻不領情，大喝道：「林沖！你還懂不懂規矩？我又沒有叫你，你居然敢私自跑到這裡來！手裡還拿著刀，難道是想來謀刺本官嗎？」

林沖一愣，「太尉，不是您叫兩個公差找我來的嗎？還教我帶新買的寶刀來給您看？」

「胡說！那兩個公差在哪裡？」高太尉一口否認，繼續厲聲指責林沖，「哼！早就有人告訴我，你前幾天每天都提著刀站在府前，不知道要做什麼，看來你早就圖謀不軌了！來人呀！快把這傢伙給我拿下！」

高太尉話音剛落，兩旁馬上冒出二十多人一擁而上，奪了林沖的刀，把他抓了起來。

林沖雖然大喊冤枉，拚命想向高太尉解釋，但高太尉根本不聽，寒著臉叫人立刻把林沖押到開封府去問罪。

林沖就這樣被痛打一頓之後，又被判充軍滄州府。

狠毒卑鄙的高衙內覺得這樣還不夠，他買通了負責押解林沖到滄州府的兩個公差，在路上讓林沖多吃些苦頭，再殺了他；高衙內滿心以為這樣就可以霸占林沖的妻子了。

兩個公差不懷好意的押解林沖上路。第一天還沒事，到了第二天，因為這個時候正值炎熱的六月，昨天又徒步走了一整天，林沖前幾天挨打時，腳上還沒有好的傷口再度潰爛，十分痛苦，一步挨著一步，幾乎根本走不動。

兩個公差硬起心腸毫不體諒，拚命催促，還一直罵林沖：「從這裡到滄州有兩千多里，像你這樣走，要走到什麼時候？」

當天晚上在客店裡，公差又假裝好心，說要幫林沖洗腳，林沖大叫：「使不得！」掙扎著想要拒絕，卻因為身上有著重重的枷鎖，行動不便，無法拒絕公差的「好意」，結果受傷的雙腳竟被公差強迫浸到熱水之中，痛得林沖忍不住放聲大叫！

第二天一大早，天還沒亮，公差不顧林沖的腳傷，扔給林沖一雙新草鞋，叫他穿上趕路。

林沖的腳面盡是些水泡，怎麼能穿會磨人的新草鞋？但是他現在是一個罪人，又能到哪裡去找舊草鞋呢？沒有辦法，還是只好把新草鞋套到腳上。

走不到兩、三里，林沖腳上的水泡就全被新草鞋給磨破了，一雙腳鮮血淋漓，慘不忍睹。公差也不管他，還是粗聲粗氣的拚命催他「快走！快走！」

林沖咬著牙，又掙扎了四、五里，三人來到一座叫做「野豬林」的樹林。兩個公差見四下無人，便露出一副凶相，不由分說的把林沖綁在一棵樹上，惡狠狠的對他說：「老實告訴你吧！在上路之前，有一位陸虞侯傳來高太尉的指令，要我們在這裡宰了你！這不是我們兄弟倆的主意，你是明白人，別埋怨我們！」

「陸虞侯」就是陸謙，林沖一聽這個從小就認識的老朋友，到現在還如此密切參與陷害他的計畫，心都涼了。

公差舉起木棍，正要往林沖的腦袋砸下去時，忽然聽見松樹背後傳來一聲雷鳴似的大吼：「住手！」緊接著一根禪杖飛了出來，把公差手上的木棍打得老遠！

兩個公差還沒回過神來，就看到從樹後跳出一個大胖和尚，指著兩個公差大罵：「你們兩個實在是太過分了！我非宰了你們不可！」

原來是魯智深，他一直在暗中跟著，想要保護林沖。

林沖及時大叫阻止了魯智深，他說這一切實在不關兩個公差的事，如果殺了他們，他們也是冤枉。

魯智深這才瞪著兩個公差說：「哼！看在我兄弟的面子上，就暫且饒了你們的狗命！還不趕快把我兄弟放下來，你們倆一邊一個，一起攙著我兄弟走！」

魯智深說：「救人要救澈底」，為了避免兩個公差又想在路上害林沖，他就一路護送林沖來到滄州，見林沖已經沒有危險了，這才和林沖告辭，返回京師大相國寺。

到滄州的第一天，林沖從客店店小二嘴裡得知這裡有一個大財主，名叫柴進，大家都稱他為「柴大官人」，江湖上則稱之為「小旋風」，專門收容照顧一些苦難的好漢，還特別交代過很多店家，只要碰到從外地流配來的犯人，就叫犯人直接去投奔他；據說柴進的莊院裡，現在就有三、五十個來自各地的好漢。

林沖向兩個公差提議，不如三人一起去投奔柴進；兩個公差想到沒殺死林沖，回去也無法向高太尉與高衙內交代，便同意了。

柴進久仰林沖的大名，知道他所受的冤屈，非常同情，便要林沖安心的在他的莊院住下來；同時，柴進知道林沖的身手了得，很想好好的倚重他，這下可引起了莊院裡另一位洪教頭的不滿。

洪教頭乘機挑釁，懷疑林沖是冒牌的「京師八十萬禁軍教頭」，接著更進而向林沖要求比武。比武結果，洪教頭大敗，羞紅了臉，便自動離開了柴進的莊院。

林沖就這樣暫時安頓了下來，過了一段平靜的日子。可是，當遠在京師的高太尉與高衙內得知林沖原來沒死，都氣得要命，仍然不肯放過他。

冬天來臨的時候，有一天，從京師來了兩個公差，派林沖去看管一個大軍的草料場。

林沖在大雪紛飛中啟程，辛辛苦苦的在傍晚趕到了草料場，原本負責看管草料場的老兵，簡單的交代了他一些事情，並且告訴他往大路大約走兩、三里就會有一家酒店，之後就走了。

林沖放下東西，在破草屋裡急忙生起了火。他看看四周，覺得這間草屋實在是破得可以，搖搖欲墜，還有好多地方漏風，心想這麼簡陋的草屋怎麼過得了冬，等大雪停了之後，恐怕還得趕快找一個泥水匠來修修才行。

天氣實在是太冷了，刺骨的寒風又不斷從各個破洞吹進來，林沖被凍得受不了，便決定乾脆到老兵告訴他的那個小酒店去打點兒酒來禦寒。沒想到回來的時候，發現破草屋已經被大雪給壓垮了，這可怎麼辦呢？

林沖無奈之下，想到剛才去打酒時，看到附近有一座荒廢的古廟，看來只好先到古廟去待一個晚上了。

林沖在古廟裡剛要沉沉睡去，忽然聽到外面一陣嗶嗶剝剝的爆響。他跳起來，從壁縫裡往外一看，天哪！他簡直不敢相信！草料場居然起火了！火勢還非常凶猛，一發不可收拾！

林沖正急著想衝出去救火，卻忽然聽到有人說話的聲音，很快的就有三個人直奔古廟而來，他們本想推門進來，但由於林沖先前為了擋風搬了塊大石頭擋住了大門，他們推不開，便只好站在外頭屋簷下說話。

一個說：「我放了十幾把火，那傢伙一定死定了！」

一個說：「就算僥倖逃脫，燒了大軍草料場，也是一個死罪！」

最後一個則說：「等我回去稟報了太尉和衙內，一定會好好的重賞你們。」

最後一個是陸謙的聲音！林沖頓時什麼都明白了，心想：「真是老天爺可憐我林沖，若不是破草屋倒塌，我一定會被這些壞蛋給活活燒死！」

就在三個壞蛋還在洋洋得意的時候，林沖輕輕搬開了擋住大門的石頭，舉著花槍開門衝了出來，大怒道：「惡賊！哪裡走！」

三人見林沖怒髮衝冠的突然在身後出現，嚇得都呆住了。才一眨眼的工夫，林沖就殺了兩個人，正要殺陸謙時，陸謙大叫「饒命！」還說：「這不關我的事，是太尉叫我來，我不敢不來！」

可是林沖不接受，痛罵道：「我與你無冤無仇，從小就在一起，你把我害到這種地步，怎麼說不關你的事？」罵完還是一刀把陸謙給殺了。

草料場燒了，又殺了三個人，林沖被逼得無路可走，只好接受了柴進的建議，上那梁山泊避難去了。

第五章 青面獸楊志

「梁山泊」是山東濟州管轄的一個水鄉，方圓八百餘里，最初是三個好漢在那裡紮營，分別是「白衣秀士」王倫、「摸著天」杜遷和「雲裡金剛」宋萬；三個好漢聚集著七、八百個小嘍囉，打家劫舍，只要有犯下大案的人想到那裡躲災避難，他們一般也都收留。

不過，當林沖拿著柴進的書信找到王倫時，心胸狹窄的王倫卻有了另外一番想法。

王倫暗忖：「我只是一個落第的秀才，和杜遷、宋萬因緣際會才在這裡聚集了很多伙伴；我沒什麼本事，杜遷和宋萬的武藝也很平常，如果留下這個林沖，他既然是京都禁軍教頭，必然擁有一身的好武藝，萬一他要強占我們這裡，我們怎麼打得過他……」

可是由於王倫與柴進的交情不錯，他又擔心如果不收留林沖，不但對柴進那兒交代不過去，恐怕也會被柴進笑話，說他容不下有本事的人。想了半天，王倫想到一條計策——最近有另外一位好漢，也很有本領，剛好流落此地，不如把他也留下來，這樣就可以與林沖有所制衡了。

這個人名叫楊志，人稱「青面獸」，是三代將門之後，五侯楊令公之孫，年少時曾經應過武舉，做到殿司制使官；他是因運氣不佳，在黃河碰到颶風，船被打翻，負責運送的一批貨物也沉到了河底，無法回京交差，所以才暫時在外頭避難。

楊志還是一心想做官，不願落草為寇，無論王倫如何想把他留在梁山泊，他也不肯答應，最後，王倫只好隨他去了。

楊志回到京師，變賣家產，打通了一些關節，上書殿帥府太尉高俅，要求復職，沒想到卻被高俅大罵一頓之後，被轟了出來。

楊志的心願落空，自然十分失望。更慘的是，他在客店裡住了幾天之後才發現，身上的銀子都用光了，連想要離開京城、改到別的地方的路費都沒有。無奈之餘，楊志只好把一口祖傳的寶刀帶到街上去變賣。

楊志帶著寶刀在大街上站了兩個時辰，沒有一個人對他的寶刀有興趣。到了晌午時分，迎面來了一個喝得半醉、走起路來一搖一晃的大漢，兩邊行人看到那大漢都一邊喊著「快躲！」一邊迅速閃開；原來這人是京城有名的地痞流氓，人稱「沒毛大蟲」牛二，京城裡的百姓人人都怕他。

牛二晃到楊志的面前，看看楊志，再看看他手上的刀，粗聲粗氣的問：「喂！你這刀要賣多少錢？」

楊志回答：「這是祖上留下來的寶刀，要賣三千貫。」

「呸！什麼破刀！居然也要賣三千貫！我只要花三百文就可以買一把刀，又能切肉，又能切豆腐。」

「我這不是一般市面上賣的白鐵刀，這是寶刀。」

「哼！寶刀？憑什麼叫做寶刀？」

「第一，它可以砍銅剁鐵，刀口不捲；第二，吹毛得過；第三，殺人刀上沒血。」

牛二不相信，「哼！吹牛不打草稿，你敢剁銅錢嗎？」

楊志說：「只要你拿來，我就敢剁。」

牛二便到一家小店鋪，要了二十文銅錢疊在一起，對楊志說：「只要你剁得開，我就付你三千貫。」

「這算得了什麼！」楊志捲起衣袖、舉起刀，對準那疊銅錢，只一刀，便輕輕鬆鬆的把那疊銅錢剁成兩半。

附近看到這一幕的群眾都大聲喝采。

牛二很不高興，「喝什麼采！喂！你剛剛說的第二個特點是什麼？」

「吹毛得過。如果把幾根頭髮一起往刀口上一吹，它們會整整齊齊的斷成兩段。」

這時，群眾都已圍了過來，而且很快的愈圍愈多。

「好，你吹給我看！」牛二從自己的頭上拔下一撮頭髮，遞給楊志。

楊志左手接過來，朝著刀口上用力一吹，那撮頭髮果然都整整齊齊斷成了兩段，又整整齊齊飄落下來。

「好耶！好刀！好刀！」眾人紛紛鼓掌喝采。

牛二更不高興了，凶巴巴的瞪著楊志，「你剛才說這刀的第三個特點是什麼？」

「殺人刀上沒血。」

牛二叫道：「我不信！你殺個人來給我看看！」

「你這不是開玩笑嗎？我怎麼可以隨便殺人？」楊志說：「你如果不信，找一隻雞、鴨或狗來，我再殺給你看！」

「不行！你明明說是『殺人刀上沒血』，殺雞、殺鴨或殺狗都不算！」

「可是我怎麼可能隨便殺人？你這不是存心要為難我嗎？」

「你殺我好了！對，你有種就殺我試試看！」

「我和你無冤無仇，為什麼要殺你？算了！你不買我的寶刀就算了，別在這裡跟我胡攪蠻纏！」

「誰說我不買？我要買！可是你得證明給我看！我要買寶刀，我才不買破刀！」

「你有錢嗎？」

「我沒錢！」

楊志見這人居然如此蠻不講理，氣得大罵：「你既然根本不打算要買我的刀，為什麼這樣跟我瞎鬧？」

「嘿！我不買，可是我偏要你這把刀！」

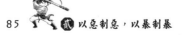

說完，牛二竟然真的伸手過來搶，楊志當然把寶刀抓得死死的不放手，怒視著牛二說：「你這人是怎麼回事？」然後用力推了牛二一把，把他推倒在地。

牛二爬起來，馬上又朝楊志衝過來，並且還胡亂揮拳要打楊志。

楊志一邊閃開，一邊大聲向圍觀的群眾說：「請各位街坊鄰居為我作證！我楊志沒有路費，不得已才賣這口寶刀，這個無賴不但要搶我的刀，還找我打架！」

然而大家都怕牛二，誰敢來勸架，或者幫楊志說幾句公道話？一個個都默不作聲。

牛二的氣焰更囂張了，一個勁兒的嚷嚷著：「打架就打架！我就打死你，怎麼樣？」

說著，一拳就朝楊志打過來！楊志躲過之後，氣得忍無可忍，一時衝動竟舉起寶刀，把牛二給殺了。

殺了牛二，楊志就到官府裡去自首。好些在場的人也陪著他，向府尹說明當時的情況。

府尹認為是牛二無理在先，再加上大家都知道牛二本來就是地方上的惡霸，便對楊志從輕發落，僅發配到北京大名府去充軍，不過楊志那把祖傳的寶刀卻因此被沒收了。

叁

有所為，有所不為

武松・孫二娘・宋江
花榮・石秀・楊雄

第六章　行者武松

武松是清河縣人，身高八尺，相貌堂堂，渾身上下有千百斤力氣，他為人正直忠厚，就是性子有些急躁和魯莽。

江湖上都稱武松為「行者」，也有人因他排行老二，而稱他為「武二郎」。

武松只有一個哥哥，以賣燒餅為生，叫做武大郎，兄弟倆感情很好。雖然說是親兄弟，武大郎的外貌和武松比起來真有如天壤之別；武大郎不僅相貌醜陋，身長竟不滿五尺，鄉人看他如此短小，還給他取了一個綽號，叫做「三寸丁谷樹皮」。但是武大郎卻為人純樸，是一個宅心仁厚的好人。

有天，武松因為酒後與人發生爭執，一時衝動，一拳把人家打昏了過去，可是當時武松以為自己打死了人，匆匆忙忙逃到滄州，在「小旋風」柴進的莊院裡暫時躲一躲；後來當他得知被他打的人原來並沒有死，正打算返鄉，不料又生了一場病，多耽擱了一些時日，等到病好了，終於可以上路的時候，算算離開家鄉已經一年多了。

即將離開柴進的莊院之前，剛巧「及時雨」宋江也因一場官司來到柴進這兒避難，武松與宋江因此結識，頗有英雄惜英雄之感。武松離開滄州的那天，宋江不但大方的送給武松一些路費，還依依不捨的陪他走了好幾里路。

這時是十月，武松走了好幾天，來到陽谷縣，距離清河縣已經不遠了。

這天中午，他在景陽崗看到一間酒店，門前的招牌寫了五個大字「三碗不過崗」。店主說，他們家釀的酒，雖然是村酒，但是很有特色；這酒叫做「透瓶香」，又叫做「出門倒」，剛喝下時，又香又醇，但不多久就會醉倒，凡是喝了三碗的，便會醉得過不了前面的山崗。武松不信，不顧店家的勸阻，前前後後一共喝了十五碗。

武松得意的說：「還說『三碗不過崗』呢！看我喝了這麼多碗也沒事。」

他付了酒菜錢，提起一根隨身的哨棒就要走。店家急急趕出來，好心告訴他，前面的景陽崗最近出現了一隻大老虎，天色昏暗些之後

便出來傷人，已經吃了二、三十個人了。官府一方面下令幾個獵戶盡快設法抓老虎，一方面也告知所有來來往往的旅客，千萬不要在黃昏以後過崗；就算是在白天過崗，也必須等湊了二、三十個人之後結伴而行。

武松笑道：「我是清河縣人，這景陽崗不知道過了多少趟，少說也有一、二十趟啦，從來就沒聽過有什麼大老虎！你別拿這種話來嚇我，就算是有老虎，我也不怕！」

店家要他過來看看告示，已有些醉意的武松也不肯，還嚷嚷著店家一定是想要他留宿，賺他的房錢，才故意瞎說崗上有什麼大老虎。

店家說：「我一片好心，卻被你這樣數落，罷了！罷了！你要過就過吧！反正到時候丟的是你自己的性命！」

武松橫拖著哨棒，就大搖大擺的往崗上走，走不到半里路，看到一個破敗的山神廟，廟前有一張官府貼的告示，武松停住腳一看，告示上說的正是景陽崗最近出現了一隻會吃人的大老虎，要過往旅客千萬不要單獨過崗，尤其千萬不要在黃昏以後過崗等等。

武松這才知道原來剛才店家所說都是真的，並沒有騙他。

他正想往回走，又想到現在回去，豈不是要被店家恥笑？想了一會兒，便重新打定主意，怕什麼！儘管上去，看看會怎麼樣！

回頭看看太陽，已漸漸落山，因為這是十月天，日短夜長，天暗得早。

武松一邊走，一邊自言自語給自己壯膽，「哪有什麼大老虎？還不都是些胡說八道，自己嚇自己！」

又走了一段路，他酒力發作，開始感到燥熱，一手提著哨棒，一手敞開胸前的衣服，露出胸膛，踉踉蹌蹌奔過一片亂樹林，看到有一塊光溜溜的大青石，便把哨棒倚在一邊，躺在大青石上，打算睡一覺。忽然聽到身後颳起一陣狂風，吹得那片亂樹林簌簌作響，緊接著，風剛要停，就從林中跳出了一隻大老虎！

「哎呀！」武松大叫一聲，馬上從大青石上翻了下來，把那根哨棒抓在手裡，閃到青石邊；武松被這一驚嚇，他體內的酒頓時全化作了冷汗。

大老虎又飢又渴，把兩隻前爪往地上按了一按，稍稍放低了上半身之後，就朝武松撲了過來！武松的動作很快，看大老虎撲來，迅速一閃，閃到了大老虎的背後。這下大老虎很難看清目標，便又把前爪搭在地上，再把腰胯一掀，掀將起來，武松急忙一躲，躲在一邊。大老虎看掀他也掀不著，似乎又急又氣，大吼一聲，活像從天空突然起了一個霹靂，連整個山崗都被震動了。大老虎把活像鐵棒的尾巴倒豎起來，朝武松用力一剪，武松又閃開了。

原來大老虎拿人，靠的就是「一撲、一掀、一剪」這三招，當這三招都失靈時，牠的氣性就失去了一半；再加上牠本來就空著肚子，力氣已經消耗得差不多了。

武松看大老虎又翻身回來，便看準時機，雙手舉起哨棒，用盡全身力氣朝著大老虎的腦袋打下去！沒想到因為心慌意亂，竟然打歪了，一棒打到枯樹上；因為用力過猛，竟然還把哨棒打斷了，只剩下半截抓在手裡。

大老虎咆哮著，又翻身一撲，武松急忙向後一跳，跳了至少十步遠，大老虎的兩隻前爪剛好就搭在武松的面前，武松趕緊把半截破哨棒往旁邊一丟，兩隻手順勢把大老虎腦袋上的皮緊緊揪住，拚命的往下按。大老虎想要掙扎，卻早已沒了力氣。武松更進一步乾脆騎到了虎頭上面，用兩隻腳朝著大老虎的腦袋和眼睛拚命亂踢！

大老虎不斷咆哮著、掙扎著，把身子底下的土扒起了兩堆黃泥，做了一個土坑，武松又把大老虎的嘴拚命往黃泥坑裡按下去！他用左手緊緊抓住大老虎腦門上的皮，騰出右手，掄起鐵錘般大小的拳頭，拚了命、發了狂般的朝著大老虎的腦袋，一連打了六、七十拳，打得大老虎的眼裡、口裡、鼻子裡和耳朵裡都迸出鮮血！武松就這樣赤手空拳的把大老虎給活活打死了！

武松大口大口的喘著氣，怕大老虎沒有死透，撿起半截哨棒又痛打一番，稍後確定大老虎真的沒氣了，想要把死老虎拖下崗，但哪裡拖得動？武松這才發覺方才已經使盡了力氣，現在手腳都發軟了，根本動彈不得。

眼看著天快要黑了，武松在下崗時，碰到十幾個獵戶，當獵戶們得知大老虎已經被武松打死，先是不敢置信，繼而欣喜若狂。

後來，大夥兒便讓武松坐在一頂轎子上，有人抬著武松，有人抬著那隻死老虎，一路浩浩蕩蕩、吹吹打打的來到陽谷縣。

這件事很快就驚動了知縣，知縣很賞識武松，當天就任命武松在陽谷縣做了一個都頭。

武松打算就先在陽谷縣待一陣子，再回清河縣找哥哥武大郎團聚。

一天，武松外出散步，忽然聽到背後有一個人喊：「武都頭，你發跡啦！還認得我嗎？」

一聽到這熟悉的聲音，武松馬上熱切的轉過身，果然沒錯！果真就是哥哥武大郎啊！

武松大喜過望，「哥哥！你怎麼會在這裡？」

武大郎說：「是啊！我也覺得好巧，你離家這麼久，也不捎封家書給我，害我要搬家也沒法告訴你，沒想到卻在這裡遇到你。其實前幾天我聽人家說，景陽崗上出了一個打虎的英雄，姓武，知縣請他做了都頭，我就在猜會不會是你。」

「哥哥在清河縣不是住得好好的，為什麼要搬家呢？」

「還不都是因為你不在家，別人都來欺負我，我應付不了，尤其——」

武大郎告訴武松，他不久前娶了老婆，原本是清河縣一個大戶人家的婢女，名叫潘金蓮，長得非常漂亮，只因那戶人家的老爺老是色瞇瞇的糾纏她，她去向老爺的妻子告狀，沒想到卻讓老爺懷恨在心，竟然倒貼了一些嫁妝之後，不要武大郎一文錢，就這樣把她白白嫁給武大郎，作為報復。

而武大郎自從娶了潘金蓮之後，地方上的一些地痞流氓就老是在他家門前轉來轉去，還大聲嘲笑他們真是「好一塊羊肉，竟然落在狗嘴裡」！後來武大郎覺得在清河縣實在是待不下去，就帶著潘金蓮搬到鄰鎮陽谷縣來，還是以賣燒餅為生。

兄弟倆重逢自然十分高興，武大郎迫不及待的帶著武松回家，讓他與嫂嫂見見面。潘金蓮得知，原來最近大家所說的「打虎英雄」竟是自己的小叔，非常驚訝；在嫁給武大郎的時候，她並不知道武大郎還有一個弟弟。而一看到武松的模樣和體格是這麼的出色，再看看自己那三分像人、七分像鬼的「三寸丁谷樹皮」丈夫，就覺得非常非常的氣悶，暗暗怨恨自己的運氣實在太壞，憑自己的長相實在應該配一個像武松這樣的丈夫，這輩子才算沒有白活！

聽說武松還沒有娶妻，潘金蓮的心裡竟產生一種不正當的心理；她假裝提議要武松搬到家裡來住，讓她盡盡做嫂嫂的義務，好好的照顧小叔的生活起居。

武大郎一聽，也巴不得左鄰右舍都能夠知道「打虎英雄」是他的親弟弟，那多驕傲、多有光彩！而且有武松住在家裡，就再也沒有人敢小看他了。武松看哥哥、嫂嫂這麼熱情，便接受了他們的好意，當天稍晚在稟報過知縣之後，就帶著簡單的行李，從縣衙裡搬了過來。

實際上潘金蓮是想藉機多多與武松接近，但是武松是一個正直的好漢，完全沒有把嫂嫂的照顧理解成別的意思，令潘金蓮頗為失望。

在一月份的某一天，武大郎一大清早就在大雪紛飛之中，被潘金蓮故意趕出去賣燒餅，因為她想單獨與武松吃頓飯。吃飯的時候，她不但猛獻殷勤，大著膽子對武松講了一些不三不四的話，還倒了一杯酒，自己先喝掉一半，再把剩下的一半端給武松，盯著武松說：「你如果也有意思，就喝了這剩下的半杯酒。」

沒想到武松劈手把那半杯酒奪了過來，潑在地上，暴怒道：「嫂嫂怎麼可以這樣不知羞恥！」

進而用手一推，差一點兒就把潘金蓮給重重的推倒在地上。

武松站起來，怒視著潘金蓮說：「我武松是一個頂天立地的好漢，絕不是那種敗壞風俗、不顧人倫的豬狗！請嫂嫂自重，切勿再犯，否則我眼睛認得嫂嫂，拳頭可認不得嫂嫂！」

武松把潘金蓮大罵一頓之後，馬上就搬回縣衙裡去了。

不久，知縣派武松押送一批銀兩去外地，快的話也要四、五十天才能回來，慢的話則要兩個月。出發前，武松特別來向哥哥嫂嫂辭行，一方面要哥哥從此每天遲出早歸，只要賣平常一半的燒餅就好了，另一方面也暗示嫂嫂要好好的對待哥哥。

上回那件不愉快的事，武松顧及哥哥的自尊，從未告訴過武大郎，倒是潘金蓮「惡人先告狀」，反倒惱羞成怒的在丈夫面前誣賴武松對她不禮貌、不規矩，不過武大郎並不相信，頻頻說：「我兄弟從來就很老實規矩，絕不會是這種人。」當然，武大郎這麼一說，又因此被潘金蓮痛罵了好幾天。

武大郎忍氣吞聲，也不回嘴，只管由著潘金蓮罵，每天還是賣他的燒餅。但武大郎很聽武松的話，武松走了之後，他真的每天只做一半的燒餅出去賣，不到傍晚就回家。

武松在新春離開陽谷縣，等到公務圓滿達成再回來時已是三月初。這段期間，武松的心裡一直惦記著哥哥，有時甚至還會心神不寧，回來之後，一到縣衙交納了回書，辦完了手續，馬上就朝紫石街哥哥家走去。走到紫石街，兩邊鄰居看到他，像是看到鬼一樣，都露出十分驚駭的神色，令武松大感納悶；武松不知道，在他背後，大家都在竊竊私語：「武松回來了！肯定要出事了！」

一來到哥哥家，武松在門口先叫了一聲：「哥哥、嫂嫂！我回來了！」隨即就逕自揭起簾子，探身進去——萬萬沒有想到，首先映入眼簾的竟是一個牌位，上面寫著「亡夫武大郎之位」七個字！

武松一愣，用力睜了睜眼睛，自言自語的說：「難道是我眼花了嗎？」

再定睛看看，沒錯！確實是有一個牌位，牌位上也確實是寫著「亡夫武大郎之位」！

武松的腦袋一片空白。這是怎麼回事？在四十幾天以前，在他離開陽谷縣的時候，哥哥明明還是好端端的啊！

武松急了，大叫道：「嫂嫂！我回來了！」

過了一會兒，潘金蓮才匆匆下樓，一路哭哭啼啼的下來。

武松說：「嫂嫂別哭了，快告訴我，哥哥是幾時死的？得什麼病死的？是吃了誰的藥？」

潘金蓮一邊哭，一邊說：「你哥哥是在你走後大約十幾天，突然害起急心疼來，病了八、九天，我們求神問卜，什麼藥都吃了，可還是治不好，死了，撇下我一個人，我好苦的命啊！」

這時，隔壁有一位王婆聽說武松回來了，熱心的過來看看。潘金蓮說，武大郎去世的時候，她手足無措，多虧這位好鄰居王婆幫了很多忙，現在她也陪同潘金蓮，把武大郎從發病到不幸去世的諸多細節，一一解釋給武松聽。

武松還是感到很不解，「急心疼？奇怪，我哥哥從來沒有這個毛病，怎麼會突然就因急心疼而死？」

王婆說：「都頭，話不能這麼說，有道是『天有不測風雲，人有旦夕禍福』，誰能保證永遠不生病？」

武松沉默了一會兒，又問：「哥哥現在埋在哪裡？」

潘金蓮說：「可憐我一個婦道人家，哪裡去找墳地？沒辦法，只好在家放了三天之後，就抬出去火化了。」

武松問：「哥哥死幾天了？」

「再兩天，便是頭七。」

當天晚上，武松在哥哥的靈堂前守靈。二更時分，他在哥哥的牌位前面安排了一些祭奠的菜餚，點起白燭，十分嚴肅的拜道：「哥哥陰魂不遠！你在世時軟弱，死得也不明不白，你如果有什麼冤屈，被人害了，就託夢給我，我一定替你作主報仇！」

說完，武松把酒澆奠了，又燒了一些紙錢，然後放聲大哭，哭得左右鄰居都覺得悽惶不已。潘金蓮也跟著在後面哭，但其實只是假哭，一點眼淚也沒有。

一直到將近三更，武松還是輾轉反側睡不著。聽到外頭打更鼓的打三更三點時，武松坐起來，嘆了一口氣，喃喃自語道：「唉，罷了，我哥哥懦弱了一輩子，死了又能怎麼樣？」話才剛說完，只見燭火忽然半明半滅，一陣陰風迎面而來，那股不尋常的寒氣逼得武松渾身毛髮都豎了起來。

武松定睛一看，看到彷彿有一團模模糊糊的東西，從牌位後面冒了出來，還彷彿聽到淒慘的一聲：「兄弟，我死得好苦！」

但還來不及等武松再多看仔細，就消散了，連帶方才那股莫名其妙的寒氣也沒了。

武松篤定的想著：「哥哥的死，肯定有內情。」

第二天，武松立刻去找負責替哥哥驗屍的何九叔，他把一把尖刀插在桌上，兩眼直盯著何九叔說：「我雖然是一個粗人，但還曉得冤有頭、債有主，我絕不會無故傷你，否則便不是好漢！你只要老實告訴我，我哥哥是怎麼死的？你去驗屍的時候，屍體是什麼模樣？」

何九叔拿出一個小布袋，放在桌上，說：「都頭請息怒，我早知道您一定會來找我。令兄的死，我並不清楚前因後果，我只能把我所知道的統統都告訴您——」

何九叔說，那天他在家中，武大郎家隔壁開茶坊的王婆來找他，說武大郎病死了，要他去幫忙驗屍。

途中，他遇到開生藥鋪的西門慶，硬是攔住他，拉他去吃飯，席間神祕兮兮的塞給他十兩銀子，莫名其妙的交代他待會兒去驗屍的時候，馬馬虎虎敷衍一下就算了；由於西門慶很有錢，和官府的關係很好，在地方上也很有勢力，何九叔當時不敢多說什麼，只得假裝把銀子收下來。

後來到武大郎家，一看武大郎的屍體七竅之內都有瘀血，嘴巴上還有齒痕，何九叔立刻就知道武大郎的死並不單純，明顯是被毒死的，可是由於西門慶之前已經特別交代過，何九叔當場不敢作聲。

說著，何九叔打開桌上的小布包，裡頭有兩塊酥黑的骨頭和一錠十兩銀子。

何九叔說：「都頭請看，這十兩銀子就是西門大官人給我的，而骨殖酥黑，就是被毒死的證據，這是我趁令兄火化那天悄悄偷出來的。」

經過一番明察暗訪，武松終於查清楚，原來在他出差的這段期間，嫂嫂潘金蓮與那西門慶經王婆的穿針引線，有了不正當的關係，被一個賣梨的少年無意中發現，告訴了武大郎，武大郎自然是氣急敗壞的跑去找西門慶理論，卻反而被西門慶打了一頓，還被西門慶一腳踢中心窩，在床上躺了好幾天，當時武大郎說：「等我弟弟回來，一定會為我主持公道的！」

結果這句話引發了西門慶和潘金蓮的殺機，便在王婆的協助之下，趁武松回來之前先毒死了武大郎，讓他沒有辦法在武松面前告狀。

一切都調查清楚之後，武松就去找知縣。但是令武松萬萬想不到的是，儘管那賣梨的少年願意作證，他手上也握有何九叔的證物，但因為知縣早已收了西門慶的賄賂，存心包庇，竟推說證據不足，無法處理這件事。

告官不成，一心要為冤死的哥哥主持公道的武松，只好採取自己的辦法。

他先找來幾個鄰居作見證，在哥哥的靈前，威逼嫂嫂潘金蓮供認自己的罪行，記下口供之後，殺了潘金蓮，割下她的腦袋，還挖出她的心供養在靈前。

接著，又跑去殺了西門慶，同樣割下他的腦袋，和潘金蓮的腦袋一起也供養在哥哥的靈前，大聲道：「哥哥，你安息吧！兄弟為你報仇了！」最後，武松再押著王婆去自首。

知縣念武松是一個講義氣的烈性漢子，西門慶又已經死了，便設法對他從輕發落，刺配孟州。王婆則被判處死刑。

第七章　母夜叉孫二娘

武松在三月初殺了人之後，先坐了兩個月的牢，直到六月初炎炎夏日，才由兩個公差押解前往孟州。

他們走了二十幾天。這天，快要傍晚的時候，在一個山崗前碰到一個樵夫。

武松問那樵夫：「從這裡到孟州還有多遠的路？」

樵夫說：「再一里就到了。」

「這裡叫做什麼地方？」

「這嶺叫做『孟州道』，嶺前面的大樹林邊，就是赫赫有名的十字坡。」

武松謝過了樵夫，和兩個公差一起奔到十字坡邊，往前一看，看到不遠處有一棵大樹，樹幹很粗，大概四、五個人手牽手要合力抱都抱不全，大樹邊有一家酒店，三人一看都很高興，因為他們已經趕了一天的路，肚子著實都餓了。

來到酒店，一個看來顯然是老闆娘的女子過來迎接他們。老闆娘長得並不難看，但是武松看到她的第一眼，就覺得她的眉宇之間隱隱透著一股殺氣。

三個人走進店裡，找了一個地方坐下，包袱都擱在旁邊，兩個公差的棍棒也倚在桌子旁。兩個公差好心的對武松說：「反正這裡也

沒有人會看見，我們就暫且替你把這枷給除了吧，這樣你的行動方便些，咱們也可以痛快的喝兩碗酒。」

說著就替武松揭了封皮，除了枷，放在桌子底下。

天氣炎熱，三人都準備要好好的大吃一頓。

老闆娘笑容可掬道：「客官，要打多少酒？」

武松說：「別管多少，儘管燙來吧！順便再個切三、五斤肉來。」

老闆娘說：「我們還有好大的包子，要不要嘗一嘗？」

「好，那就拿二、三十個來吧！」

老闆娘滿臉笑容的應著，很快的就拿了三雙筷子、兩盤肉、三個喝酒的大碗，再拖出一大桶酒，並從灶上取了一籠包

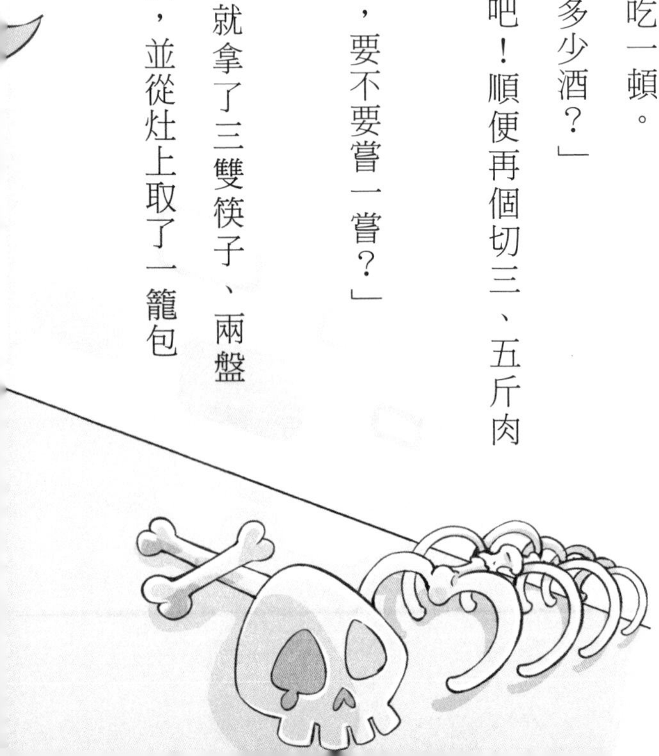

子，一併放在桌上。

包子看起來非常好吃，兩個公差抓起來就吃。武松撕開一個包子看了看，叫道：「老闆娘，妳這包子裡包的是什麼餡？是豬肉、狗肉還是人肉？」

老闆娘大笑道：「哎喲！客官，您真是愛開玩笑，太平世界，哪裡會有人肉包子？我們家的包子都是用黃牛肉來做肉餡。」

「是嗎？」武松頗為認真的說：「我在江湖上行走，曾聽人家說『大樹十字坡，客人誰敢那裡過？』因為十字坡有家酒店，專賣人肉包子，難道說的就是你們這一家？」

老闆娘還是笑著說：「哪有這句話？我從來就沒聽過，恐怕是客官您自己編的吧！」

實際上武松是看到肉餡裡有一根疑似頭髮的毛髮，所以心裡有了疑忌。不過，他沒有再說什麼，只問道：「妳丈夫呢？怎麼就妳一個人看店？」

老闆娘一聽，覺得武松是在調戲她，生氣的想：「哼！你這個傢伙，居然敢來調戲老娘，簡直是找死！」

表面上她不動聲色，只趕緊說：「我還有兩個伙計，都在後頭忙呢！客官，你們儘管喝，多喝幾碗，待會兒可以去大樹下乘乘涼，想要休息的話，也可以就在我們這裡歇一晚，我們有客房，很方便的。」

武松又警覺起來，暗暗想著：「咦？她為什麼要這麼熱情的留我們下來？會不會是不懷好意？好，我就來試試吧！」

武松開口道：「老闆娘，妳這酒太淡了，還有沒有別的什麼好酒？」

老闆娘說：「還有另外一種酒倒是十分香醇，就是顏色渾濁些，不大好看。」

「那沒有關係，愈渾愈好喝，快去端來吧！」

老闆娘心中竊喜，馬上抱出一罈顏色渾濁的酒。

武松一看，「嗯，這才是好酒，熱的最好喝。」

老闆娘滿臉堆笑，「還是這位客官內行，沒錯，這酒的確是熱的比較好喝，我這就去給您燙酒。」

其實老闆娘的心裡是這麼想的：「哼！內行個屁！燙了酒之後，你們會死得更快！」

原來，老闆娘方才在廚房裡已動了些手腳，在酒裡摻進了一些迷藥，燙過之後，藥性會發作得更快。

酒燙好了，老闆娘笑咪咪的端過來，對三人說：「客官，快來嘗嘗！」

兩個公差迫不及待的端起酒碗，立刻大口喝下，武松以要老闆娘多切些肉端上來為由，故意把老闆娘支開，然後趁她一走開，立刻把碗裡的酒偷偷倒掉，但嘴裡卻故意大聲說：「嗯！好酒！這樣的酒才來勁兒！」

這酒確實「來勁兒」，才一眨眼的工夫，兩個公差就已覺得天旋地轉，眼前一黑，便「噗通！」一聲往後一倒，什麼都不知道了。武松儘管沒有喝，但也假裝昏迷，仰倒在木凳邊。

老闆娘出來一看，拍手大笑道：「哈哈哈！全倒了！算你們三個活該，喝了老娘的洗腳水！」

隨即朝後頭大叫：「小二，小三，快出來！」

兩個伙計馬上從裡頭跑出來，陸續先把兩個公差抬進去。

老闆娘把三個人的包袱提了一提，又捏了一捏，估計裡頭有些銀兩，喜孜孜的自言自語道：「今天的運氣不錯，一下子撂倒三個，得了些銀兩，還可以做至少兩天份的包子。」

當她把三個包袱拿進去時，兩個伙計要抬武松，卻怎麼也抬不動，大嚷道：「老闆娘，這傢伙太重了，我們抬不動！」

老闆娘罵道：「抬不動就給我滾開！真是，你們這兩個沒用的東西！成天只會吃飯，卻不長力氣，這種事還要老娘來親自動手！」

她走過來，看著直挺挺躺在地上、雙眼緊閉的武松，兀自咕噥道：「哼！這傢伙到底是吃些什麼啊？居然長得這麼壯，不過這也不錯，可以當成黃牛肉賣！不像剛才那兩個傢伙，瘦巴巴的，只能當成水牛肉賣！」

說著一隻手就把武松給輕輕提了起來。只是，她萬萬沒有想到，「昏迷」的武松此時卻突然以極為迅速的動作，翻身而起，還順勢一按，很快就把老闆娘按倒在地！

老闆娘動彈不得，驚慌之餘，只好扯開喉嚨，像殺豬似的大叫起來！

那兩個伙計剛想上前幫忙，就被武松大喝一聲，驚得呆住了。

「好漢饒了我！好漢饒了我！」老闆娘不敢再掙扎，只得拚命求

饒。

就在這時，一個男子急急忙忙的從外頭衝進來，看見這一幕，先趕緊把肩上挑的柴卸下來，然後大步上前，抱拳對武松說：「好漢息怒！有話好說！」

武松看看那男子，「你可是她的丈夫？」

「正是。請問好漢大名？」

「我行不改名，坐不改姓，我是都頭武松。」

「啊！是不是在景陽崗打虎的那位武都頭？」

「沒錯。」

那人低頭向武松拜道：「久聞大名，沒想到卻是在這種情況之下相見！不知道我這有眼不識泰山的老婆，是怎麼得罪了都頭？」

武松看這人的態度如此小心誠懇，便把他老婆放了。老闆娘趕快爬起來，驚魂甫定，匆匆整理好衣服之後，也拚命向武松道歉。

武松說：「我看你們夫妻倆也不像是等閒之輩，請問你們尊姓大名？」

原來那男子是「菜園子」張青，本來在一間光明寺裡種菜，後來因為一點細故，殺了寺裡的和尚，還放火燒了光明寺，才躲到這偏僻的地方來；張青的老婆，叫做「母夜叉」孫二娘，她已故的父親是江湖上還頗有一點名氣的「山夜叉」孫元，孫二娘的一些拳腳功夫全是跟父親學的。

張青說，他們夫妻倆在這兒開酒店，專挑一些壞蛋下手，先用迷藥把他們迷倒，殺了他們，再分割他們的肉，大塊的肉當成牛肉賣掉，小塊的肉則剁碎做成包子的肉餡，包子蒸好之後，每天也挑一些到村子裡去賣。

張青還說：「我早告訴過我老婆，千萬別碰那些各處犯罪流配的人，因為在這些人之中，常常會有一些好漢。我老婆不聽我的話，今天才會得罪了都頭。」

不過，孫二娘也向武松解釋，剛才是誤以為武松對她言語不禮貌，才會把他錯認成壞蛋；大家把話都談開了，便盡釋前嫌。

張青夫婦在得知了武松的遭遇，以及他被刺配充軍以後，就勸他不如落草為寇，但是武松不肯，所以，張青夫婦只好在武松的要求之下，放了那兩個公差。

兩個公差一被救醒，還一臉迷惘的問：「奇怪，這是什麼酒？怎麼這麼厲害！我們喝得又不多，怎麼會醉成這樣！」

武松笑了起來，張青和孫二娘也笑了；這兩個糊塗的公差，還不知道自己其實是在鬼門關前走了一遭哩！如果不是武松堅持不可傷害他們，要張青夫婦放了他們，過沒多久，他們可能就成了人肉包子裡的肉餡了。

第八章　及時雨宋江和小李廣花榮

「及時雨」宋江向來仗義疏財，扶危濟困，是一個天下聞名的好漢；他原本在鄆城縣官府裡當差，有一次，因為一時失手殺了一個名叫閻婆惜的小妾，只好開始亡命天涯。

他先在滄州「小旋風」柴進的莊院裡住了半年左右，後來因為想到青州去找一個舊識——也就是擁有一身好箭藝，有「小李廣」之稱的花榮，便離開了滄州，往青州出發。

這段旅途相當辛苦，宋江長途跋涉，終於在仲冬時節來到可遠眺清風山之處。清風山距離青州只有一百里左右的路程，看到清風山，就表示青州已經快要到了。

宋江只顧趕路，沒注意時間，也沒留意可以住宿的地方，等到天色已經暗了下來，他已經走進一片密林之中，無法退出來。這時，他才有些慌張的想著：「糟了！如果是夏天，還可以胡亂在林子裡歇一歇，現在是仲冬，夜間寒冷，怎麼辦呢？再加上如果又出現什麼毒蛇猛獸，那我該如何抵擋……」

可是，停下來的話會更冷，宋江沒有辦法，只好咬緊牙關，硬著頭皮繼續往前走，同時心裡不斷祈禱，千萬別遇到什麼野獸。

差不多走到一更時分，連月光也漸漸被雲層給遮住了，宋江視線所及，幾乎什麼也看不見，愈走愈急，愈走愈慌，忽然被一條絆腳索給重重的絆倒，緊接著樹林裡一陣銅鈴大作，隨即不知打哪兒突然冒出十幾個埋伏的小嘍囉，一擁而上，很快的就把宋江給抓了起來，還奪了他的東西，再點上火把，一行人高高興興的把宋江押到一個山寨裡去。

宋江被綁在一根粗粗的柱子上。他在火光之下，看到這個山寨四周都是木柵，中間有一座草廳，廳裡放著三把虎皮椅，後面還有一百多間草房。

既然草廳有三把虎皮椅，就表示這裡有三個頭目。老大是綽號「錦毛虎」的燕順，老二是綽號「矮腳虎」的王英，老三是綽號「白面郎君」的鄭天壽。

幾個小嘍囉說：「大王才剛睡，我們先不要去通報，以免驚擾，等到大王酒醒之後，我們再稟報大王，然後把這傢伙的心肝挖出來做醒酒湯！」

宋江聽了，不由得暗暗叫苦，無奈的想著：「唉！真是沒想到我的命運竟會如此乖舛！只不過因為殺了一個不守婦道的女人，今天就要在這裡斷送了性命！」

大約到了二、三更，宋江被綁在柱子上，已經被凍得都快麻木了，忽然看到草廳背後走出三、五個小嘍囉，齊聲叫著：「大王起來了！」

他們把草廳裡的蠟燭統統點燃，原本昏暗的草廳頓時大放光明。

宋江看到三個頭目陸續坐到那三把虎皮椅上。五短身材的「矮腳虎」王英，得知小嘍囉逮住了一個傢伙，也得了不少錢財，頻頻誇獎，並且下令：「好，快動手把那傢伙的心肝挖出來，做成三份『醒酒酸辣湯』！」

「是！」兩個小嘍囉得令之後，一個端了一盆水，另一個捲起袖子，手中拿著一把明晃晃的尖刀，一起朝宋江逼近。

那個端水的走到宋江面前，扯開他胸前的衣服，露出胸膛，朝宋江的心窩處潑水。這是因為人的心都是被熱血裹著，潑冷水可潑散一些人體內的熱氣，待會兒取出心肝時，心肝就會比較脆、比較好吃。

在潑水的當兒，那個拿尖刀的小嘍囉則在一旁摩拳擦掌的等著。

潑水的小嘍囉動作太大，把水都潑到了宋江的臉上。宋江嘆了一口氣道：「唉，可惜宋江要死在這裡了！」

坐在第一把交椅上的大頭目燕順，聽到「宋江」兩個字，吃了一驚，急忙喝住小嘍囉：「住手！先不要潑水了！那傢伙說什麼？」

小嘍囉回答：「他說『可惜宋江要死在這裡了』。」

燕順站了起來，走到宋江的面前問道：「喂！你剛才說那句話是什麼意思？難道你叫宋江？」

「是的，我是宋江。」

燕順又問：「你是哪裡的宋江？」

「我是濟州鄆城縣的宋江。」

「難道你就是那山東『及時雨』，因為殺了一個名叫閻婆惜的婆娘，而出逃在江湖上的宋江？」

「是啊！」

燕順聽了，大吃一驚，急忙奪過小嘍囉手上的尖刀，把綁住宋江的麻繩統統割斷，又趕緊把自己身上的外袍脫下來，裹在宋江的身上，一迭連聲的說：「天啊！原來您就是『及時雨』宋江！小弟行走江湖十幾年，早就久聞您的大名，一直想要結識您，沒想到今天卻差一點就誤傷了您！小弟真是有眼不識泰山，真該用這把尖刀挖了自己的眼睛！」

說罷，也趕緊要王英和鄭天壽前來拜見，並懇請宋江的原諒。

為了給宋江壓驚，燕順命令小嘍囉們趕緊殺羊宰馬，準備豐盛的宴席，並拿出乾淨漂亮的衣服，讓宋江換上。一夥人熱熱鬧鬧、吃吃喝喝直到五更，燕順才吩咐幾個小嘍囉服侍宋江去睡覺。

接下來，宋江就在這山寨裡住了六、七天，每天都是吃香的、喝辣的，還睡得飽飽的。

到了臘月初旬，有一天，小嘍囉通報，說山下大路上有一頂轎子，旁邊跟著七、八個人，好像是打算到附近去上墳。

「矮腳虎」王英是一個好色之徒，一聽這消息，猜測坐在轎子裡的一定是一個婦人，也不跟燕順等人商量，馬上急急忙忙的率領著三十幾個小嘍囉衝下山去。

不久，等他們回來，小嘍囉向燕順和鄭天壽報告，說他們搶得一些財物，並擄回一個婦人。

燕順問：「那個婦人現在在哪裡？」

小嘍囉回答：「王頭目已經抓回到自己的房間去了。」

燕順和鄭天壽聽了，都忍不住大笑。

一旁的宋江率直的說：「原來王英兄弟貪圖女色，這不是好漢應有的作為。」

燕順說：「是啊！這傢伙沒什麼別的毛病，就是這個缺點。」

宋江對燕順和鄭天壽說：「兩位和我一起去勸勸他吧！」

燕順和鄭天壽就帶著宋江來到後山王矮虎的房間，推開房門，只看到王矮虎正在糾纏那個婦人。

王矮虎看到三人突然進來，嚇了一跳，趕快推開那婦人，尷尬的請三人坐下來。

宋江看看那婦人，問道：「妳是誰家的家眷？怎麼會在這個時候一個人到山上來？」

婦人說：「我是清風寨知寨的妻子，因為要到母親的墳前去上香，才會來到這裡，否則即使帶著家僕也不敢在外頭閒逛啊，請大王救命！」

這個婦人顯然以為宋江也是山寨裡的頭目之一，宋江還來不及更正，就已經急著問另外一個問題：「什麼？妳說妳是清風寨知寨的妻子？那花知寨怎麼沒有和妳一起來上墳？」

「花知寨」就是宋江正打算要去找的朋友，也就是那位「小李廣」花榮；這就是宋江聽了婦人的話會大吃一驚的原因，他萬萬沒有想到，眼前這位婦人會是花榮的妻子！

不料，婦人說：「不，報告大王，我不是花知寨的妻子。」

宋江覺得很困惑，「可是妳剛剛不是說，妳是清風寨知寨的妻子？」

「大王，您不知道，這清風寨如今有兩個知寨，一文一武，武官是知寨花榮，文官便是我的丈夫知寨劉高。」

「原來如此。」宋江暗暗鬆了一口氣，但隨即又想：「可是，她的丈夫既然是花榮的同僚，我現在如果不救她，日後到了花榮那裡，實在也很不好看。」

於是，宋江便對王矮虎說：「小人有一句話，不知道您肯不肯聽聽？」

王矮虎說：「大哥有話儘管說。」

宋江說：「凡是好漢，都不能太過好色，否則就會惹人恥笑，我看這娘子一片孝心，又是朝廷命官的妻子，請您看在我的面子以及江湖道義上，還是放過她，讓她回去吧！」

王矮虎不大高興，「大哥何必管這種閒事！再說這也不能怪我，只能怪我一直沒有一個壓寨夫人！」

「賢弟若想要一個壓寨夫人，日後在下一定好好的為賢弟物色一個，正式迎娶，讓她服侍賢弟，如今這個娘子是小人老友同僚的妻子，請賢弟就做個人情，放了她吧！」

燕順見宋江堅持要救這婦人，便不管王矮虎願不願意，喝令王矮虎立刻放了那婦人，連帶也放了兩個一起抓來的轎夫，叫他們抬那婦人下山。

婦人不斷的拜謝宋江，一口一聲的叫道：「謝大王！」

宋江說：「妳不用謝我，我不是這山寨裡的大王，我只是一個來自鄆城縣的客人。」

但是婦人好像沒聽見，還是不斷的「謝大王！」然後感激萬分的坐進轎子。

那兩個轎夫，平常總是慢吞吞的，現在僥倖撿回一命，急急忙忙抬了轎子就走，走得飛快，簡直就像是恨爹娘少生了兩條腿似的。

王矮虎又羞又悶，不吭一聲，宋江一直婉言相勸，並再三保證將來一定會為他娶一個好姑娘。王矮虎只得勉強陪著笑，不再提起這件事。

那天以後，宋江又在寨中住了幾天，才單獨下山。他來到山下的清風鎮，向人請教花知寨的住處。

鎮上的居民告訴他：「清風寨衙門就在咱們城鎮的中心，南邊有個小寨，是文官劉知寨的住宅，北邊那個小寨，就是武官花知寨的住宅。」

宋江按照指示，順利的找到了花榮的家。花榮聽說宋江來了，立刻親自跑出來迎接，恭恭敬敬的把宋江迎進正廳，請宋江坐在主位。

花榮又向宋江拜了四拜，才起身道：「自從與兄長一別，轉眼已經過了五、六年，常常想念您。聽說兄長出了事，被各處追捕，小弟真是急得不得了，一連寫了十幾封信到貴莊，想接兄長到我這裡來，今天總算見到您了！您這段期間都在哪裡？過得怎麼樣？」

宋江笑道：「其實我在很早以前，就想上你這裡來。」

兩人暢談別後種種，宋江也把日前在山上救了劉知寨妻子的事告訴了花榮；他原來以為花榮一定會說他做得很好，沒想到花榮聽了，竟皺著眉頭說：「兄長何必要多管這種閒事？」

宋江很意外，「我聽說她是劉知寨的夫人，知道她是你同僚的妻子，才不顧那王矮虎的埋怨，一定要救她下山，你怎麼會這麼說呢？」

「兄長您有所不知，這清風寨還是青州一個相當重要的地方，如果只有小弟獨自在這裡守寨，誰敢輕舉妄動？一定能夠保證地方太平，偏偏突然調來一個『正知寨』劉高，這傢伙是一個文官，既沒本事，又胡作非為，自他到任之後，把咱們清風寨弄得烏煙瘴氣！您為什麼還要去救他的夫人！再說那婆娘也是個很差勁的人，很會顛倒是非，又會慫恿她的丈夫去做一些違法亂紀、殘害良民的事，如果有機會教她吃些苦頭，那才好呢？那也是她的報應！」

宋江聽了花榮一大頓牢騷，好言相勸道：「賢弟，你說這話就不對了，有道是『冤家宜解不宜結』，那位劉高既然和你是正副知寨，你還是應該和他好好合作，這才是地方百姓之福。」

宋江就這樣在花榮寨住了一個多月，轉眼臘盡春回，元宵節就快到了。

元宵節當天晚上，清風鎮上家家戶戶張燈結綵，好不熱鬧，花榮因為有公務在身，沒有辦法陪宋江，便交代幾個隨從陪宋江去看花燈。

萬萬沒想到，劉知寨的夫人隔著牆看到了正在街上閒逛的宋江，一眼認出他來，竟然對丈夫說：「你看那個人！那天就是他把我擄到清風山上去的！」

劉知寨聽了大怒，馬上叫人把宋江抓了起來，喝問道：「你這個專門在清風山上打家劫舍的強盜！好大的狗膽，居然也敢跑到這裡來看花燈！」

宋江說：「小人是來自鄆城縣的客人張三，與花知寨是老朋友，來此也有一段時日了，從來不曾在清風山上打劫。」

「胡說！」劉知寨的妻子從屏風後走出來，指著宋江罵道：「你這個無賴，當初在山上的時候多威風呀！我明明看見你坐在最中間的虎皮椅上，我為了討好你，還一直叫你『大王』哩！」

宋江說：「可是我當時已經告訴過妳，我不是山寨裡的大王，只是一個來自鄆城縣的客人啊！」

「一派胡言！如果你不是大王，那幾個頭目怎麼會對你那麼客氣？還那麼聽你的話？」說著，那婦人轉身對劉知寨說：「別再跟他囉嗦了，這種可惡的無賴，如果不狠狠的打他一頓，他是絕對不會招的！」

「有道理！」劉知寨立刻對左右喝道：「來人呀！給我重重的打！」

沒一會兒工夫，「好心沒好報」的宋江頓時被打得皮開肉綻。

另一邊，花榮得知宋江被劉高抓走，大吃一驚，急忙寫了一封信叫隨從送去給劉高。

信上說，他有一個親戚，名叫劉丈，最近從濟州來，看花燈時不知為了什麼不小心得罪了劉高，還請劉高大人大量，放了那劉丈，日後他一定親自登門道謝。

劉高看了信，卻更為震怒，把花榮的親筆信撕得粉碎，大罵道：「他說他是鄆城張三，你偏說他是濟州劉丈！好哇！花榮你這個臭小子，顯然你這堂堂朝廷命官，也跟那夥強盜有所勾結！」

罵完就將前來送信的人給轟了出去。

那人被趕出寨門，急急忙忙又奔回來向花榮報告。

花榮心知宋江一定已經吃了苦頭，必須立刻趕去援救，於是大叫一聲：「快備我的馬來！」很快的便披掛上陣，還帶了三、五十名士兵，個個全副武裝，直奔劉高寨裡而去。

守在寨門口的士兵見花榮來勢洶洶，沒有人敢阻擋，立刻四散驚逃。

花榮一直衝到了廳前，下了馬，手中拿著長槍，那三、五十名士兵則迅速在廳前排成兩列，聽候花榮發號施令。

花榮大叫：「請劉知寨出來說話！」

劉高見花榮一副來者不善的模樣，就算聽見了花榮的喊話，也躲在裡頭，嚇得不敢出來。

花榮在廳前站了一會兒，見劉高不出來，便喝令左右進去搜人。

不久，宋江被找到了，花榮一看宋江的慘狀，非常生氣，一方面要人趕緊護送宋江回去療傷，一方面放聲大罵：「劉知寨！誰沒有一點親戚朋友，你是什麼意思？居然敢這樣欺負人？你奈何得了我花榮嗎？哼，改天我一定要跟你算帳！你等著吧！」

膽小的劉知寨見花榮走了，這才氣急敗壞的派了一、兩百人，上花榮寨去奪人。

那兩百人之中，雖然有兩個新來的教頭，但是大家都知道，沒有人會是花榮的對手，只是劉知寨的命令又不能不聽，大家只好硬著頭皮，帶著武器，來到了花榮寨。

鬧了一夜，此刻天色即將大亮。那兩百人因為懼怕花榮，全部擠在門口，沒有一個人敢先帶頭衝進去。

磨蹭了好一會兒，終於有人鼓起勇氣，輕輕推開了兩扇大門。

只見花榮好整以暇，一派輕鬆的在正廳上坐

著，左手拿著弓，右手拿著箭。

劉高派來的士兵還是遲疑著，沒有人敢先跨進花知寨的家裡一步。

花榮舉起弓，大喝道：「你們這些傢伙，難道沒聽過『冤有頭，債有主』嗎？這是我和劉高之間的恩怨，你們何必替他出頭賣命？你們那兩個新來的教頭，大概還不知道我花榮的厲害，我先教你們見識一下，如果不怕的再進來。看著，我這一箭要射右邊大門門神手中的武器！」

說完，花榮搭上箭、拉滿弓，叫了聲：「中！」只見「嗖！」的一聲，那支箭果然正中門神手中的兵器！

眾人見了，都大吃一驚。

花榮又搭上第二支箭，拽滿了，大叫：「這一次，我要射右邊門神頭盔上的紅纓——中！」

「嗖！」的一聲，第二支箭又不偏不倚、絲毫不差的正中目標。

眾人都被花榮神乎其技的箭法，驚得呆住了。

花榮又取出第三支箭，喝道：「這第三支箭，我要射你們隊伍裡那個穿白衣的教頭的心窩！」

那人大叫一聲：「哎呀！」嚇得轉身就跑，其他的人頓時也一哄而散！

花榮為了救宋江而大鬧清風寨，惹惱了劉高，他擔心劉高報復，很快的就和宋江一起離開清風鎮，投奔梁山泊去了。

第九章　宋江落草記

宋江和花榮準備上梁山泊的途中，又因緣際會招了各方人馬共襄盛舉，其中包括了清風山上的燕順等人。

經過商議，宋江和燕順擔任先頭部隊，帶著十幾個人，打算先到梁山泊去報個信，花榮等人則隨後再來；梁山泊目前的頭兒是「托塔天王」晁蓋，宋江曾經有恩於他，宋江認為，由自己出面先去找晁蓋，自然是比較穩妥。

這天中午，到了吃飯時間，他們一夥人都餓了，剛好看到路邊有一家酒店，便走了進去。

酒店裡只有三張大桌子，其中一張被一個高大的壯漢獨占。

宋江把店小二叫來，悄聲問道：「我們人多，你過去問問那位客人，能不能把大桌子讓給我們？」

這番提議本也合情合理，畢竟此刻店內還有好多空的小桌子。沒想到那個大漢一聽要他讓桌子，竟然態度惡劣的一口回絕：「凡事都有個先來後到，憑什麼要老子換？老子不換！」

燕順一聽，非常不高興，對宋江說：「你看這傢伙有多無禮！看我過去教訓他一頓！」

宋江按住他，阻止道：「算了算了，不換就算了，別跟他一般見識！」

店小二還在遊說那人，「拜託拜託行行好，就讓小的方便做生意吧……」

那人大怒，猛拍桌子罵道：「你這個臭小子！囉嗦個沒完！你是看老子一個人好欺負嗎？居然一個勁兒的要我換位子！你再不住嘴，看我不揍你！」

店小二不敢再說了，但仍委屈的小聲嘀咕著：「真是，我又沒有說什麼。」

那人揮著拳頭，瞪著店小二大吼：「你還說！」

燕順聽了，再也忍不住，跳起來就指著那個大漢罵道：「喂！你這傢伙真是莫名其妙！不換就不換，為什麼這樣凶巴巴的嚇唬他！」

大漢瞪著燕順冷笑道：「我罵他，關你什麼事？告訴你，天底下只有兩個人我會放在眼裡，其他人我都會當成是腳底下的泥！就算是大宋皇帝叫我換位子，我也不換！」

燕順暴躁起來，抓起板凳就想打架，那人也毫不畏懼，馬上擺出迎戰的架勢。

宋江趕緊跳到中間，隔開兩人，一邊勸解，一邊問那大漢：「你說說看，天底下你只看得起哪兩個人？」

「一個是『小旋風』柴進柴大官人。」

宋江和燕順互看一眼，已經猜到此人八成也是江湖上的一名好漢。燕順抓緊板凳的手已自動鬆了下來。

宋江問：「那另一個呢？」

「就是『及時雨』宋江。」

「且慢，」宋江問道：「這兩個人你都認識嗎？」

「老實說，我三年前在柴大官人的莊院住了四個多月，柴大官人我是認得的，宋江卻一直還無緣相見，但我現在正急著要找他。」

「是嗎？你有什麼事急著要找他？」

「他的親兄弟——『鐵扇子』宋清，寫了一封家書，要我幫忙去找他。」

「真的？」宋江大喜過望，「這真是『有緣千里來相會，無緣對面不相逢』！我就是宋江，快把我弟弟託給你的家書拿出來吧！」

宋江興高采烈、急急忙忙的拆開家書，沒想到一看之下，臉色大變，並且立刻痛哭失聲！

原來他弟弟宋清在信上寫的是：

「父親於今年正月初，因病身故，現今停喪在家，專等哥哥回家一起安葬……」

宋江捶胸頓足，痛罵自己道：「我真是太不孝了啊！做下了違法的事，亡命天涯，以至於老父身亡的時候都不能在他身邊送終，善盡人子之道，我和畜生簡直沒什麼兩樣啊！」

那個替宋清送信，剛才還險些兒和燕順打架的大漢叫做「石將軍」石勇，看到宋江如此激動，連忙和燕順一起拚命勸慰；宋江惱恨的一頭要撞牆，也被他們倆聯手抱住，不斷叫著：「哥哥節哀！哥哥節哀！」

宋江哭得幾近昏迷，半晌才總算恢復清醒，立即吩咐燕順道：「不是我薄情寡義，梁山泊我不去了，只有請兄弟們自己去了。說實話，離家半年多來，心中總是牽掛著老父，如今老父死了，我既已沒能為他老人家送終，至少現在應該日夜兼程趕回去奔喪。」

燕順勸道：「人死不能復生，哥哥不要太傷心，太公既然已經不幸去世，就算哥哥現在立刻啟程趕回家中，也未必還能得見，可否請哥哥先引我們去梁山泊，小弟再陪哥哥回去奔喪？」

「不行，那得多耽誤多少時日？」宋江說：「這樣吧，我寫一封詳細的書信，你們直接帶去就行了。」

「石將軍」石勇在旁插嘴道：「能不能帶我一起去？我也早就想上梁山泊了。」

宋江一口答應，「自然不多你一個。」

於是，宋江向店小二借了筆硯，又要來一張紙，一邊哭著、一邊寫，很快就寫好了交給燕順。

燕順看宋江急著要走，又試探性的問：「大哥不等花知寨他們來了，和他們見過一面之後再走？」

宋江說：「我不等了，我如果不知道老父病故的消息就算了，如今既然已經知道了，就一刻也等不下去！我不要馬，也不要隨從，就一個人連夜趕回去罷！」

說完，向眾人匆匆辭行之後，就一個人飛也似的走了。

第二天，花榮等人全部到齊，得知這個情況後，就埋怨燕順：「哎！你怎麼不留住他？」

「怎麼留？」燕順一臉冤枉的無奈道：「他一知道老父死了，自己也不想活了，大概只恨不能一步就跨回家哩！」

沒辦法，他們只好按照宋江的指示，帶著宋江的書信，先行到梁山泊去。幸好宋江說得沒錯，當晁蓋和兄弟們看了宋江的書信之後，果然都很熱情的接待他們。

這麼一來，梁山泊上的英雄好漢也就更多了。

宋江披星戴月的趕回家中，原以為看到的會是一片愁雲慘霧，哪曉得父親竟然好端端的，一點事兒也沒有！

宋江非常生氣，指著弟弟宋清大罵：「你這個畜生！為什麼要謊稱父親亡故，騙我回來？」

宋太公連忙說：「我兒不要焦躁，這全是我的主意，與你弟弟無關，因為我日日夜夜都想見你一面，才故意用這個方式讓你回來。」

原來，日前因為朝廷冊立皇太子，特頒大赦，宋江的案子不會落到死罪，但宋太公非常擔心兒子亡命在外，一不小心就會落草為寇，落個不忠不義的罪名，所以才急急想把他找回來，要他去自首，等到服刑期滿就沒事了。

宋太公見宋江風塵僕僕的趕回來，滿臉疲憊，再加上現在又是晚上，就叫宋江先去休息，本想第二天早上再去官府。沒想到大約到了一更左右，宋家莊裡上上下下都已進入夢鄉之後，突然外頭一陣嘈雜鼓噪，四周都是火把，把宋家莊團團圍住，還有很多人在大聲叫囂：

「不要讓宋江給跑了！」

原來是有人看到宋江回來，向官府告密，所以官府才在半夜裡來抓人。宋江為了不要連累家人，決定出去伏罪被擒。

宋太公哭著說：「孩子，我不該騙你回來，是我害了你啊！」

宋江連聲安慰父親道：「父親不要煩惱，您做得很對，否則我整天躲在江湖上，和一幫殺人放火的弟兄們混在一起，將來怎麼還有臉回來見父親。我現在跟官府回去，等改日服刑期滿，再回來早晚服侍父親。」

官府念在宋江以往的功勞，再加上碰到特赦，對他從輕發落，僅脊杖二十，刺配江州牢城。

不久，兩個公差陪同宋江上路。三人走了一天，這天晚上吃晚餐時，宋江對兩個公差說：「我老實告訴你們，明天我們就會經過梁山泊，山寨上有幾個好漢都認識我，我擔心他們早就打聽好明天我們會經過那兒，而打算要劫我上山，不如我們明天早上早一點起來趕路，而且專撿小路走，不要碰到他們，就算因此多走幾里路也無妨。」

兩個公差自然非常感謝宋江的坦誠和體諒。

第二天一大早，他們五更就上路，離開客店之後，沿著小路走，走了三十里左右，正以為沒有引起任何梁山泊好漢注意的時候，只見前面山坡背後忽然冒出一夥人，至少有三、五十人，宋江一看，只得暗中叫苦。

為首的是「赤髮鬼」劉唐，也是宋江認識的一個好漢。

劉唐指著兩個公差下令：「把這兩個傢伙給我殺了！」

兩個公差早就嚇得癱軟在地上，渾身發抖，頻頻叫道：「壯士饒命！壯士饒命！」

宋江上前一步，對劉唐說：「不用你們麻煩，來，把刀給我！」

兩個公差滿懷恐懼的看著宋江，以為宋江先前在他們面前是假裝好人，現在則是露出了真面目，反倒要來殺他們了。

宋江從劉唐手裡接過刀，又問劉唐：「你們怎麼會在這裡？」

劉唐說：「我們早就打聽到大哥刺配江州，一定會經過這裡，所以大小教頭分了好幾路守候，專程要在這裡迎接大哥，請大哥上山！」

宋江說：「你們這麼做，不是抬舉我，反而是要把我逼到絕境！」

這時，其他幾路人馬，包括「小李廣」花榮、「智多星」吳用、以及晁蓋等人，他們得到消息之後，也紛紛率著小嘍囉們趕來了。

花榮一到，便罵劉唐：「怎麼還不趕快替大哥開枷！」

宋江則非但不領情，反而立刻大罵：「這是什麼話！你們眼裡真的就沒有王法了嗎？居然敢在光天化日之下擅劫人犯！」

大家聽到宋江這麼說，一時不知道該如何反應，都愣住了。

宋江緊接著又說：「前段時間雖然本想和大家一起來梁山泊，但那只是一時興起，後來在老天爺的安排之下，途中碰到石勇，指引回家，誰知回家之後才知發現來老父安然無恙，只是擔心我落草為寇，才故意設計叫我回去。現在，老父情願我吃了官司，又刺配江州，也巴望著我服刑期滿就能回家。父親的教訓言猶在耳，我如果跟你們上山，便是上逆天理，下違父教，成了一個不忠不孝之人，那我活著還有什麼意思？不如現在就死了算了！」

說著，就把手中的刀舉起來，架在脖子上，做出要自刎的模樣。

大夥兒都嚇了一大跳，紛紛大叫：「大哥，不要衝動！有話好說！」

既然宋江堅決不肯留下來，大夥兒也不好再為難他，只好由他和兩個公差一起繼續趕路。

不過，「智多星」吳用為了希望能夠照顧宋江，讓宋江在江州的日子過得好一點兒，特別告訴宋江，他有一個很好的朋友，就在江州做兩院押牢節級，名叫戴宗，由於他會道術，一日能行八百里，所以大家都叫他「神行太保」；吳用要宋江到了江州一定要去認識一下戴宗，屆時戴宗一定會多加關照。

果然，稍後當宋江到了江州，找到了戴宗之後，戴宗對他十分敬重，十分照顧他。

有一天，宋江獨自信步走到城外，站在江邊欣賞風景。不久，他經過一座酒樓，抬頭一看，看到一塊匾額，上面有蘇東坡題的「潯陽樓」三個大字。

宋江心想：「以前我就聽說江州有一座潯陽樓，原來就是在這裡！既然來了，何不上樓去看看？」

他獨自上樓，挑了一個靠江的位子坐下；從這裡觀賞江上的風景，果然更是如詩如畫。

宋江要了一些酒菜，一個人默默的吃著，並品味美景，心想：「我雖然是因為犯罪流放此地，卻也看了不少真山真水，家鄉雖然也有幾座名山古蹟，但都比不上這裡的景致。」

然而，美景當前，宋江多喝了幾杯之後，內心忽然湧起無限的感傷，不知不覺就流下淚來，而且還文思泉湧，做了一首〈西江月〉的詞調，看到白粉壁上有多位文人題詠，便也向店小二借來筆硯，乘著酒興，走到牆邊，先寫了幾句自述生平的話，又寫下剛做好的那四句詩：

心在山東身在吳，
飄蓬江海謾嗟吁。
他時若遂凌雲志，
敢笑黃巢不丈夫。

—鄆城宋江作

寫罷，把筆擲在桌上，吟詠了一番。隨後又喝了好幾杯，終於不

勝酒力，頗有醉意，勉勉強強才付了帳，踉踉蹌蹌的回到營裡，蒙頭大睡，一覺便睡到天明，醒來之後全然忘記了在潯陽樓題詩的事。

不料，幾天之後，這首詩無意中被一個心胸狹窄、專門嫉妒賢能的人給看到了，這人名叫黃文炳，是江州城裡的一個閒通判。

黃文炳認為宋江所寫的是一首鼓勵造反的詩，更糟的是，之前有人從京師回來，曾說起京師最近流傳一些謠言，說什麼「耗國因家木，刀兵點水工。縱橫三十六，播亂在山東。」黃文炳馬上就和寫那首「造反詩」的「鄆城宋江」聯想在一起了。

黃文炳看著那首「造反詩」的後面，有一行「鄆城宋江作」的字樣，冷笑道：「哼，這個笨蛋，留下了這麼明顯的線索，你瞞得過別人，卻一點也瞞不過我！」

黃文炳認為，所謂「耗國因家木」，是指耗散國家錢糧的人，必是「家」上面的「宀」裡頭有一個「木」字，那不就是「宋」嗎？所謂「刀兵點水工」，是指興起刀兵之禍的人，一定是「水」字邊再加一個「工」字，那不就是「江」嗎？而「縱橫三十六」，或是指「六六之年」，或是指「六六之數」，最後一句「播亂在山東」更是再明顯也不過，是指「造反最初的亂源在山東」，而鄆城縣就是在山東！

由於宋江在詩的旁邊援例還有幾行自述生平的文字，透露出他是一個發配到此地的犯人，於是黃文炳馬上叫人把牢城營裡的文冊簿拿來，一查發現五月間果然有一名新配到囚徒，就是來自鄆城縣的宋江。

「不得了，謠言果然應驗了！」黃文炳馬上跑去向知府一五一十的報告，說宋江有造反之心，應該趕快把他抓起來。

知府聽完黃文炳詳細的報告，認為他分析得很有道理，立刻派兩院押牢節級戴宗去牢營裡捉拿宋江。

戴宗在得知為什麼要抓宋江的緣由之後，大吃一驚，表面上先不動聲色，僅吩咐手下：「大家各自準備好武器，到城隍廟前集合！」

然後自己運起神行法，先一步來到牢營裡，趕緊找到宋江，通風報信。

戴宗急急忙忙的問：「大哥日前在潯陽樓上寫了些什麼？」

宋江在聽說自己的詩作竟會無端惹禍後，也嚇了一跳，「不過是些酒後狂言，早就忘了！」

兩個人都急得要命，後來還是戴宗想出一個辦法，「這樣吧！待會兒我們來抓您的時候，大哥您就這樣做……」

迅速商量好對策，戴宗慌忙別了宋江，趕回城裡城隍廟，率領著好幾個部下，再直奔牢營。一進牢營，戴宗就假裝大聲喝問道：「哪個是新配來的宋江？」

負責管事的把他們帶到宋江所在的抄事房裡，只見宋江披頭散髮，倒在屎尿堆裡翻滾，一看到戴宗和幾個公差，馬上翻著白眼大嚷：「你們是什麼鳥人？」

戴宗下令：「把這傢伙給我抓起來！」

公差們看宋江身上又是屎、又是尿，髒得要死又臭得要命，誰都不想去碰他，還在猶豫，宋江又開始鬼喊鬼叫，大嚷道：「我是玉皇大帝的女婿，老丈人教我領著十萬天兵，要來殺你們江州人！哈哈哈！我派了閻羅大王做先鋒，五道將軍做後衛，你們江州人死定了！統統都死定了！」

「噢，」公差們紛紛說：「原來是一個瘋子，那我們為什麼還要抓他？」

「說得也是。」戴宗率著部下回到州衙，向知府報告，說那個宋江就是一個瘋子，居然與糞便為伍也毫不在意，還胡言亂語、語無倫次。

知府說：「既然如此，那就算了吧！」

「且慢！」黃文炳卻在這時突然冒出來，對知府說：「大人，您千萬不要上當！這人五月來的時候明明是好端端的，前兩天在潯陽樓寫造反詩的時候，神智也很清楚，怎麼會突然說瘋就瘋？恐怕是裝瘋吧！一定是有人事先通風報信，他為了躲過捉拿才故意使出這麼一手！」

說著，黃文炳又轉身對戴宗說：「你們儘管去把他給抓來！如果他走不動，抬也要抬來！」

知府也說：「對，先把他抓來，再痛打一頓，看看他到底是真瘋還是假瘋！」

果然，宋江被抓來之後，被打得皮開肉綻，鮮血淋漓，只得招認潯陽樓上的那首詩確實是他寫的，但再三喊冤，說他一點也沒有造反的意思。

但是，知府受了黃文炳的鼓動，哪裡聽得進去？還是判了宋江死刑。

而且，黃文炳暗中查訪，也很快查出戴宗就是那個暗中通風報信，想要保護「造反分子」的內奸，這麼一來，連戴宗也被抓了起來，打進死牢，即將和宋江一起被處死。

到了行刑那一天，一大清早，知府就召集了五百多名士兵、劊子手和看守，押著宋江和戴宗來到法場，讓他們背靠背坐定，只等午時三刻，監斬官一到，就要問斬。

宋江滿心以為自己一定死定了。萬萬沒想到，就在將要行刑的時候，梁山泊的眾多好漢，由晁蓋領頭，竟然為了救他，率領著大批人馬前來劫法場！

一場天昏地暗的廝殺之後，宋江和戴宗雙雙獲救。

晁蓋還大聲高喊著：「一不做！二不休！請眾好漢們助我晁某，殺盡江州軍馬，再回梁山泊！」

經過這麼一場風波之後，宋江見事已至此，只得和這批義薄雲天的弟兄們，一起到梁山泊去了。

第十章 拚命三郎石秀和病關索楊雄

石秀的祖籍是金陵建康府，自小就學了一些槍棒之類的本事，個性耿直，只要看到有什麼不公不義的事情，儘管受害人與他非親非故、素昧平生，他也會立刻捨身相助，所以大家都稱呼他作「拚命三郎」。

有一年，他隨叔父到外鄉做買賣，沒想到叔父半途病故，身上僅有的錢都花光了，以至於回不了家鄉，只得暫時流落在薊州，靠著賣柴度日。

楊雄也不是薊州當地人，他原本是河南人，有一年，有一個親戚到薊州來做知府，便把他也順便帶來。後來楊雄就在官府裡做事，擔任刑場的劊子手，因為楊雄有一身好武藝，只是面貌微黃，所以大家都稱他作「病關索」。

「拚命三郎」石秀和「病關索」楊雄，是在一個偶然的機會下結識，並進一步成為結拜的義兄弟。

這得先從「神行太保」戴宗和「錦豹子」楊林開始說起。

一天，「及時雨」宋江、「托塔天王」晁蓋和「智多星」吳用在梁山泊上共商大事，想找一個人到薊州去辦事。三人討論的結果，認為找「神行太保」戴宗去薊州最為合適。

戴宗欣然接受了這個任務，第二天早上便與眾人辭別，離開了梁山泊。

前往薊州的途中，戴宗巧遇「錦豹子」楊林，楊林想請戴宗引薦他上梁山泊，戴宗一口答應。楊林得知戴宗此行是要去薊州辦事，就非常熱心的說：「薊州那兒我熟得很，只要是薊州所管的各個州郡，我差不多都走遍了，不如我先陪你一起去，等辦完事後，我們再一起回梁山泊。」

兩人便同行作伴，邊走邊聊，盡是閒聊一些江湖上的事。

途經一個叫做「飲馬川」的地方時，他們又遇到三個小土匪頭目——分別是「火眼狻猊」鄧飛，「玉幡竿」孟康和「鐵面孔目」裴宣，率領著三百多個小嘍囉在此紮營。

戴宗就告訴這三個頭目，梁山泊的地勢有多麼的好，兩個頭目晁蓋和宋江待人接物又是多麼的和氣，現在正在招賢納士，想結識四方豪傑，勸鄧飛等人不如也一起去梁山泊。說得鄧飛、孟康和裴宣都心動不已。

離開飲馬川山寨之後，戴宗和楊林繼續趕路，終於來到了薊州。

這天，他們正在城裡到處打聽晁蓋和宋江要他們找的人，迎面碰到一隊人馬，抬著錦緞等好多貴重的東西，並簇擁著一個鳳眼朝天、臉色微黃的大漢，這個人就是「病關索」楊雄。原來，楊雄剛從刑場完成任務回來，領著一批知府賞賜的錦緞。

不料走了幾步，有一個名叫張保的無賴擋住了楊雄的去路，硬是要向楊雄借錢，楊雄不理他，張保竟蠻橫無理的動手搶走了好幾匹錦緞。楊雄氣得直跳腳，正想衝上去理論，卻被張保身邊的幾個小混混

用力抱住，動都動不了，只得眼睜睜的看著張保嘻皮笑臉的拿著自己的錦緞，在那兒囂張無禮的蹦蹦跳跳。

就在這個時候，一個挑著一擔柴的大漢剛巧經過，看到好幾個人合力困住楊雄，楊雄則氣急敗壞的咒罵不休。他馬上放下柴擔，上前問張保等人：

「你們為什麼這麼多人欺負一個

人？」

張保停下來，看了那人一眼，滿臉不屑道：「喲！哪裡來的乞丐，也敢多管本大爺的閒事？」

這個多管閒事的人不是別人，就是「拚命三郎」石秀。

石秀一聽張保如此無禮的言詞，非常生氣，伸手一抓張保的衣服，就像拎小雞似的，輕輕鬆鬆的把他給提了起

來，然後再把他重重的摔在地上，痛得張保放聲大叫！

幾個小混混衝上來要幫忙，可是三、兩下就被石秀打得東倒西歪，一個個口歪眼斜的哭爹喊娘。

有道是「路見不平真可怒，拔刀相助是英雄」，這一幕都被站在不遠處的「神行太保」戴宗，和「錦豹子」楊林全部看在眼裡，兩人同時都有了這樣一個想法——這挑柴的小夥子真是一個豪傑，本事也不錯，應該把他一起拉到梁山泊去！

那無賴張保看苗頭不對，立刻落荒而逃，幾個小混混也慌慌張張的馬上尾隨而去。

「混帳東西！有種就別跑！」方才受制於小混混人多，動彈不得的楊雄，現在恢復了行動自由之後，不肯輕饒了張保那夥壞蛋，見張保等人逃之夭夭，馬上也在後面緊追不捨；一追一逃，很快的都消失了蹤影。

石秀也想幫著楊雄去追，卻被「神行太保」戴宗和「錦豹子」楊林及時拉住，小聲道：「行了行了，別把事情鬧大，這樣對好漢沒有好處。」

戴宗指著不遠處巷弄內的一家酒樓，對石秀說，他和楊林剛才看到了事情全部的經過，都很佩服石秀的義行，想和他交個朋友，提議大家不妨一起到那酒樓坐一坐，好好的聊一聊。石秀客氣推辭了一番之後，見戴宗和楊林的態度如此誠懇，也就大方的接受了。

三個好漢在酒樓坐定，大碗喝酒，大塊吃肉，聊得相當投機。

當戴宗得知石秀流落薊州的原因之後，不禁脫口說道：「唉！如此豪傑，居然流落在此地賣柴，實在是太委屈了，不如乾脆挺身到江湖上去，至少還可圖個痛快！」

石秀不大有信心的說：「我沒有別的本事，只會一點功夫，夠資格到江湖上去嗎？」

「怎麼不行？你當然夠資格，」戴宗說：「而且，在這種時節，朝廷不明，奸臣又當道，到江湖上去是最好的了，我認識的好幾個朋友，陸續都投奔到梁山泊去，如今都是穿金戴銀，生活快意得不得了，日後等朝廷招安之後，早晚都可做個官人。」

石秀嘆口氣道：「我也想去梁山泊，只是沒有門路，不知道該怎麼去。」

戴宗趕緊說：「壯士如果想去，我倒是可以代為引薦。」

接著，戴宗和楊林就把自己的身分告訴了石秀，三人正想說些有關入夥的心腹話，忽然聽到外頭一片嘈雜，緊接著就看到「病關索」楊雄帶著二十幾個公差進來找石秀。

由於戴宗和楊林畢竟都是被官府通緝的人，一看忽然冒出這麼多公差，嚇了一跳，就在一陣鬧哄哄中悄悄的走了。

「哎呀！壯士，原來你在這裡，我到處找你呢！」楊雄對石秀說：「這些都是我的弟兄，他們聽到消息趕來幫我的。剛才還真多虧了壯士幫忙，否則我一時被他們架住，拳腳施展不開，眼看好東西就要被那群混蛋給搶走了。我稍後轉身回來想要找你，卻怎麼也找不到，幸好有人告訴我，你和兩個人在這裡喝酒。咦？你那兩個朋友呢？」

「他們有事，先走了。」

「好，那咱們坐下來，繼續喝！」楊雄爽快的坐了下來，叫店小二又添了一些酒菜。其他那二十幾個公差看沒事了，又看楊雄談興正濃，便紛紛散去。

楊雄自然也問了石秀是哪裡人，為什麼會在薊州賣柴。當他得知石秀是不得已才落魄至此，馬上提議：「這樣吧！既然你在這裡隻身一人，今日我們有緣相識，又難得如此投緣，不如我們就結拜做了兄弟吧！你看怎麼樣？」

石秀十分驚喜，「那怎麼敢當！」

「我說的可是真心話，我今年二十九，你多大？」

「小弟今年二十八，那就請您受拜為我哥哥了。」說著，石秀就誠心誠意的朝楊雄拜了四拜。

為了照顧石秀，楊雄還熱誠的把石秀接到家中去住。楊雄的岳父本來就與他同住，最近正在找楊雄商量，想要開一家肉鋪，楊雄就教石秀和岳父一起做生意，經營肉鋪，這麼一來，石秀的生活立刻獲得極大的改善。

這樣過了兩個多月，如果不是細心的石秀無意間察覺楊雄的妻子潘巧雲，與一個和尚有不正當的關係，或許他就會安安穩穩的一直在楊雄家住下去；可是石秀是一個極為正直的人，當他發現了這件事之後，感到非常氣憤，總想著：「哥哥如此豪傑，怎麼會討了這樣的老婆？」

可恨的是，楊雄只顧在外頭忙公事，還完全被潘巧雲給蒙在鼓裡。

又過了一個多月，石秀實在忍無可忍，在一天中午，獨自跑到州衙來找楊雄。

楊雄看到他，非常意外，「咦？你怎麼會在這裡？」

石秀說：「因為來附近收帳款，順便想來看看哥哥。」

楊雄很高興，「來得正好，我公事太忙，咱們兄弟也很久沒有痛痛快快的喝幾杯啦！走，一起吃飯去！」

楊雄的興致很高，但過了一會兒他就發覺石秀愁眉不展，心事重重，忙問道：「怎麼了？兄弟有什麼不開心？是不是在家裡住得不舒服？還是有誰對你不客氣？」

「不，只是我有感於哥哥待我這麼好，有如親兄弟一般，有一句話我不知道能不能說？」

「這是什麼話？你我之間有什麼話不能說？儘管說吧！」

「好，那我就說了。哥哥每日只顧忙公務，都不知道家裡的事……」

石秀說，潘巧雲和一個和尚有著不正當的交往已經一個多月了，每當楊雄不在家，那個和尚就會在夜裡用頭巾包住他的光頭，化妝前來，由潘巧雲的女僕偷偷為他開門，讓他進入潘巧雲的房間，直到第二天清晨五更的時候，又有一個打更的在外頭大叫一聲「普度眾生救苦救難諸佛菩薩」，作為暗號，和尚這才趕緊起身匆匆從後門離去。

楊雄聽得目瞪口呆，繼而大發雷霆，拍桌大罵：「可恨！居然會有這種事！」

石秀建議，不妨找一天，楊雄故意先跟潘巧雲說當天晚上不回來睡覺，卻在半夜時突然跑回來，那個賊和尚一定會落荒而逃，到時候，他先躲在後門，就可以把那賊和尚逮個正著。

兩人正商議到一半，突然有人來找楊雄，說知府有事找他，叫他趕快去。

石秀特別提醒楊雄，在還沒有行動之前，千萬要沉得住氣，別在潘巧雲面前先說了些什麼，打草驚蛇。

楊雄嘴巴上答應，但當天晚上從知府家喝得醉醺醺的返家，看到潘巧雲，還是忍不住脫口就罵：「賤人！妳好大的狗膽，居然敢做出這種事！看我非宰了妳不可！」

罵完倒頭就睡，睡得迷迷糊糊之際，又大罵不休。所謂「酒後吐真言」，楊雄把石秀特別叮嚀他的事，統統都忘得一乾二淨！

潘巧雲膽戰心驚的坐了一夜，哪裡敢睡，她立刻猜到一定是石秀那臭小子發現了什麼，然後在楊雄面前告狀，楊雄才會這樣罵她。

為了自保，潘巧雲決定先下手為強。

第二天清早，楊雄酒醒了，看到潘巧雲，心裡固然很氣，但記起石秀提醒過他千萬別打草驚蛇，心裡又恢復了警戒，冷冷的問潘巧雲，「我昨天晚上有沒有說什麼醉話？」

潘巧雲說：「沒有，我昨天一直眼巴巴的等你回來，要跟你說一件事，沒想到你喝得爛醉如泥，一回來就呼呼大睡，害我滿腹的委屈，到現在還無處傾訴！」

說罷，就假模假樣的哭了起來。

她一哭，楊雄的心就慌了，「妳別哭，有什麼委屈，趕快告訴我，有我在，誰敢欺負妳！」

「說起來，這都要怪你，」潘巧雲一邊哭，一邊埋怨道：「像你這麼豪傑的人物，怎麼會到街上胡亂認了一個賊弟兄，還接到家裡來住！」

潘巧雲說，石秀不是一個好人，每當楊雄外宿，不在家睡的時候，石秀就來調戲她，說些不正經的話，但她顧及楊雄的顏面，一再容忍，這種情形已有好長一段時間了。昨天一早，石秀更過分，居然敢對她動手動腳起來，被她臭罵了一頓，這才悻悻然的罷手，所以她昨天一整天都在等著楊雄回來，覺得還是應該趕快告訴楊雄，要楊雄把石秀趕走，否則她真害怕哪天石秀會更無恥的欺負她。

楊雄聽了潘巧雲的哭訴，立刻就相信了她的話，大怒道：「什麼？這個混蛋！我和你稱兄道弟，你居然敢如此膽大妄為！真是『畫龍畫虎難畫骨，知人知面不知心』！」

盛怒之中，楊雄的心裡還這麼想：「哼！自己做了虧心事，反倒惡人先告狀，害我差一點就被他給騙了！」

想到這裡，更加憤怒，當即恨恨的說：「反正這傢伙也不是我的親兄弟，馬上把他撵出去就是了！」

說罷，立刻下樓交代岳父，「已經殺了的牲口就醃了罷！從今天開始，肉店關門，不做生意了！」

不久，石秀和往常一樣，來到肉店正準備開店，看到肉案和櫃子全被拆了，馬上就明白發生了什麼事。

「一定是哥哥不小心在酒後吐露了什麼，走漏了消息，倒讓那婆娘先告了我一狀，」石秀想著，「我如果現在就去理論，那婆娘一定死不承認，反而只會讓哥哥難堪，既然哥哥現在不相信我，我只有先忍下這口氣，再作打算。」

於是就回房整理好行李，打算去向楊雄告辭，但楊雄不願見他，已經故意提早出門了。

石秀就轉而來向楊雄的岳父辭行，說：「小人在府上打擾多時，今天既然哥哥收了肉鋪，小人也就啟程返鄉，所有帳目都在帳簿上記得清清楚楚、明明白白，小人絕沒有拿走分文不屬於小人的錢，更沒有做任何昧著良心的事，否則一定天誅地滅！」

實際上，石秀並沒有真的返鄉，而是悄悄在附近一家客店住了下來。他決心要把這個事情調查個水落石出，也好向楊雄證明自己的清白。

他先暗中打聽了楊雄當差不回家的時間，判斷那個和尚一定還會像以前一樣，在夜裡偷偷潛進楊府，然後在第二天清晨又偷偷離開。

這天清晨，躲在楊雄家守候的石秀，先逮住了打更的人，逼問一番。

果然正如石秀所料，這個打更的人是那和尚所買通的，每天清晨打更時經過這裡，只要看到後門有潘巧雲叫婢女放的一張小香桌，表示和尚正在潘巧雲的房裡，就在打更時多敲幾下木魚，並且多叫幾聲「普度眾生救苦救難諸佛菩薩」作為暗號，這樣和尚就會知道時候到了，趕緊穿好衣服從後門溜出來。

石秀用一把尖刀殺了那個打更的人，再剝了他的衣服，套在自己身上，然後跑到楊雄家後門猛敲木魚。

很快的，從後門鑽出一個人，頭上戴著頭巾，嘴裡嘀咕道：「好啦！別敲了！怎麼也不喊暗號，亂敲個什麼勁兒？」

石秀先不作聲，待走到巷口，便一腳把那傢伙踢翻，再把他的頭巾一扯，果然是那個無法無天的和尚！

石秀剝了和尚的衣服之後，便把和尚給殺了。

「一個和尚和一個打更的，衣衫不整的被人殺死」的消息，立刻傳遍了整個薊州城。潘巧雲一聽到這個消息，驚得都呆掉了。

而正在衙門內當差的楊雄，一得知命案發生地點離自己家很近，馬上就猜到必定是自己錯怪了石秀，並且也立刻猜到那兩個人是石秀殺的。

楊雄很快找到了石秀，石秀把和尚和打更兩人的衣服、頭巾、還有木魚等等拿出來，對楊雄說：「哥哥，現在你總該相信我了吧。」

後來，楊雄殺了潘巧雲和婢女，在石秀的建議之下，和石秀一起投奔梁山泊去了。

肆

各路好漢齊聚梁山泊

第十一章　攻打祝家莊

石秀和楊雄準備要投奔梁山泊的途中，碰到一個楊雄認識的人，叫做「鼓上蚤」時遷，他也要上梁山，而且他還知道該怎麼走，於是三人便結伴同行。

這天傍晚，離梁山已經不遠了，路過祝家莊，三人走進一家靠近溪邊的客店。連日趕路，既沒吃好也沒睡好，三人都很疲憊，更想好好大吃一頓，補充體力，可是因為到的太晚，客店裡已經沒有肉了，時遷只好向店小二要了些米去做飯，讓店小二去歇息。

時遷在後院洗米做飯的時候，無意間看到一隻又肥又大的公雞在籠子裡。時遷本來就有些偷雞摸狗的毛病，看到這隻公雞，他的老毛病又犯了，就輕輕揭開籠子，抓著公雞帶到溪邊殺了，煮熟之後笑咪咪的端到石秀和楊雄的面前說：「兩位哥哥要吃肉嗎？」

知道了這「肉」的來歷，楊雄對時遷說：「你怎麼還是這麼賊手賊腳？」

石秀也笑道：「還是改不了本行。」

三人說說笑笑，動手撕扯著美味的雞肉，很快的就把一隻雞吃得乾乾淨淨，只剩下了一堆雞骨頭。

那店小二稍微睡了一會兒，覺得不大放心，還是起床出來看看。一看到桌上那堆雞骨頭，心知不妙，趕快跑到後院去看——果然，籠子裡空空如也，公雞已經不見了。

店小二氣急敗壞的跑過來說：「客官，你們怎麼這麼不講道理！怎麼把我報曉的雞給吃了？」

時遷否認道：「見鬼了耶！這雞是我在路上買的，又不是你的雞。」

店小二問：「那我的雞到哪裡去了？」

時遷說：「我怎麼知道？也許是被野貓拖走了，還是讓黃鼠狼給吃了，或是被老鷹給抓走了，你怎麼來問我呢？」

店小二當然不信，「我的雞方才分明還在籠子裡，現在卻不見了，不是你偷的還會有誰偷？我當然要問你！」

兩人吵得不可開交，石秀感覺他們理虧，趕快對店小二說：「別吵了，我們賠你就是了。」

店小二卻說：「我那雞是一隻報曉雞，店裡不能沒有牠，你們就是拿十兩銀子來賠都沒用，我只要你們還雞！」

看到店小二得理不饒人，石秀也火了，生氣的說：「你別不知好歹，如果我們不賠你，你又能怎麼樣？」

店小二冷笑道：「你們別想在我這裡撒野，我這裡可不比其他地方的客店，你們賠不了我的雞，我就把你們統統當成梁山強盜給抓起來！」

三人一聽，異口同聲大怒道：「我們就是梁山好漢，看你怎麼抓我們！」

店小二馬上大叫：「有賊！」

店裡忽然衝出幾個大漢，朝三人打了過來。

石秀、楊雄和時遷三人的武藝都不錯，沒一會兒就把那些大漢全都打跑了。但是時遷一氣之下，竟一把火燒了那家客店，這下可就麻煩了！

原來，這家客店是祝家莊的地主開的，地主有三個兒子，稱為「祝氏三傑」。

祝家莊方圓三十里，莊前莊後有五、七百戶人家，都是佃戶。店主得知店被燒了，馬上帶了兩、三百人趕來，三人寡不敵眾，結果，只有石秀和楊雄勉強逃脫，時遷則被抓走了。

石秀和楊雄沒有辦法，只得先繼續往梁山走。途中在一家酒店吃飯時，楊雄又遇到一個老朋友，叫做「鬼臉兒」杜興。透過杜興的介紹，他們又認識了「撲天雕」李應。

李應認識祝家三兄弟，也就是「祝氏三傑」，就寫信給他們，希望他們放了時遷。哪曉得祝家三兄弟毫不理會，李應覺得很沒有面子，非常憤怒，於是氣呼呼的跑到祝家莊去叫陣，可是不多久就被打傷了。

石秀和楊雄這個時候，只有硬著頭皮上梁山去求救。

晁蓋聽說時遷偷雞被抓，一開始不肯相救，還很生氣的說：「咱們梁山泊好漢，向來崇尚忠義，新舊上山的弟兄們，個個都有豪傑的光彩，現在他們拿著梁山泊好漢的名目去偷人家的雞，害我們也都跟著受到了侮辱，就算要去攻打祝家莊，也該先把這兩個傢伙的腦袋給砍下來再去！」

一聽晁蓋要砍石秀和楊雄的腦袋，大家都紛紛為他們倆求情，「智多星」吳用並且表示祝家莊早與官府有所勾結，晁蓋這才同意去救人。

大家商議，攻打祝家莊的事由宋江統籌負責，晁蓋頭領則鎮守山寨，「智多星」吳用、「赤髮鬼」劉唐等人也留在山上，保護山寨的安全。

於是，宋江率領「小李廣」花榮等眾頭領以及幾千個小嘍囉，直奔祝家莊而去。

來到獨龍山，距離祝家莊只剩一里多路，前軍下了寨柵，宋江在中軍帳裡坐下和花榮等人討論道：「我聽說祝家莊裡頭路徑複雜，不易用兵，我們應該先派人混進去探探路，把路徑打聽清楚，這樣才會有勝算。」

本來「黑旋風」李逵自告奮勇要去探路，可是宋江認為他太莽撞；李逵確實莽撞，他甚至認為根本不需要探什麼路，只要直接讓他率領兩、三百小嘍囉衝進去，就可以把祝家莊殺得片甲不留。

宋江認為，探路需要找一個細心的人去；他認為派「拚命三郎」石秀和「錦豹子」楊林去最適合。

兩人分頭行動。石秀扮成一個賣柴的人進了莊，來到一家酒店，看見店門前插了很多的刀和槍，進進出出的人身上都穿著一件黃背心，上面都寫著一個大大的「祝」字。

石秀看見有一個老人走過來，便上前客客氣氣的問道：「請問這是什麼風俗，為什麼大家都把刀槍插在門前呢？」

老人看看他，「你是哪裡來的客人？居然會問我這種問題，你趕快走吧！」

石秀說：「我本來是從山東來賣棗子的，但是賠了錢，無法返鄉，只好砍了些柴來這裡賣，看到這種奇特的風俗，覺得很好奇罷了！」

老人說：「你不是這裡的人，就趕快走吧，別在這裡逗留，這裡早晚會有一場廝殺。」

石秀故作驚訝的說：「這麼好的一塊地方，怎麼會有廝殺呢？」

老人嘆了一口氣，「唉！你不知道，咱們這裡叫做祝家莊，前些日子莊主惹惱了梁山泊上的好漢，現在宋江已經帶領人馬駐紮在村口，只不過因為咱們莊子裡路徑複雜，不容易攻打，才暫時沒有動靜，但等他們準備好了，遲早是要打進來的。現在莊主已經傳下命令，教我們每戶人家的青壯年都要隨時準備好，只要梁山好漢一來，就要與他們對抗，把他們統統抓起來。」

石秀又故意說：「梁山泊人馬眾多，你們這莊子有多少人家？多少人手？能守得住嗎？」

老人笑著說：「這你就不知道了，我們村子裡的人或許沒有梁山泊的人多，但我們占著地利之便啊！我們村子裡的路曲曲折折，外人一來，肯定要迷路。有一首詩說得好，『好個祝家莊，盡是盤陀路，容易入得來，只是出不去。』梁山泊的好漢如果敢進來，準會吃盡苦頭！」

石秀一聽，立刻把握時機，假裝害怕的哭了起來，朝著老人翻身拜道：「這可怎麼辦？小人只是個可憐的、做生意賠了本錢、回不了家的人，現在我該怎麼出去啊？萬一我在找路的時候碰到拚殺，那我豈不是死定了？老人家，請您可憐可憐我，指給我一條出路吧，我別的沒有，只有把這擔柴送給您，老人家，請您救救我啊！」

那老人看他可憐，就對他說：「不要怕，仔細聽我說，你從村裡往外走，只要看見白楊樹就轉彎，因為不管那條路是寬是窄，只要路口有白楊樹，就是活路。」

石秀認真重複著：「看見白楊樹就轉彎——」

「對！如果路口沒有白楊樹，就是死路，不管你怎麼走都走不出去，而且我們也早就在那些死路上設下了陷阱。」

石秀牢牢記住了老人的指示，正想悄悄返回軍中，把這寶貴的情報告訴宋江，忽然聽到不遠處一片嘈雜，仔細一聽，竟然有人高喊：「抓到奸細了！抓到奸細了！」

石秀心中一驚，側頭一看，只見「錦豹子」楊林被五花大綁的抓起來了。

石秀一方面心裡著急，一方面看四周似乎防範得更加嚴密，不敢輕舉妄動，便盤算著不如等到夜深人靜的時候，再偷偷溜出莊去。

而宋江軍馬在村口屯駐，卻久久不見楊林和石秀回來，愈來愈心焦，便叫「摩雲金翅」歐鵬去村口打聽一下。

不久，歐鵬急急忙忙的回來報告：「糟了！我聽到他們說抓到奸細，而小弟看路徑複雜，不敢深入重地。」

宋江聽罷，馬上對眾頭領說：「眼前很可能楊林和石秀兩位弟兄都陷在莊中，我們現在就殺進去，救回他們倆，你們說怎麼樣？」

大家都非常同意，「黑旋風」李逵和「病關索」楊雄更搶著要做先鋒。於是，大夥兒擂鼓鳴鑼，搖旗吶喊，大刀闊斧，朝祝家莊殺奔而去。

殺到獨龍崗上，已是黃昏時分。先鋒李逵揮舞著兩把板斧，火刺刺的殺向前去，但是到了莊前一看，卻發現祝家莊的人已經把吊橋高高的拉起來，莊裡則不見一點火光。

李逵性急的便要下水過去，楊雄趕緊扯住他說：「恐怕有詐，還是等大哥過來了再說吧！」

李逵哪裡忍得住，拍著雙斧，隔岸大罵：「喂！你們這些膽小鬼！趕快給我統統滾出來！你們的黑旋風爺爺在這裡哪！」

莊裡還是一點動靜也沒有。

稍後，宋江等人到了。宋江勒馬觀察，發現莊上不見刀槍軍馬，猛然醒悟道：「哎呀！我錯了！兵書上明明說『臨敵休急暴』，我為了要救兩位弟兄，一時心急，反而中了他們『誘敵深入』之計！」

宋江立刻大叫：「快退！快退！」

然而就在這個時候，獨龍崗上千百支火把竟在一瞬間全部點燃，緊接著，門樓上的箭就像雨點般，紛紛朝他們射了過來！

在火光映照之下，宋江在馬上一看，這才發現他們已經被四面埋伏了！

梁山泊的好漢們陣腳大亂，好不容易才殺出重圍，匆匆往回撤。

倒是原本藏身在祝家莊的「拚命三郎」石秀趁亂回到了自己的陣

營。

「鬼臉兒」杜興及時出現，楊雄、石秀引薦他來見宋江，杜興提供了很有利的情報，宋江這才明白，他們的敵人還不僅僅只是祝家莊的人！

原來，在獨龍崗前有三座山崗，上面有三個村坊，中間是祝家莊，西邊是扈家莊，東邊是李家莊，三個村坊加起來的兵力至少有一、兩萬人；由於這三村都擔心梁山泊好漢會過來借糧，早就結下生死誓願，只要任何一村有難，另外兩村都將拚死相助！

杜興還說，祝家莊中除了「祝氏三傑」很厲害之外，還有一個叫做欒廷玉的教頭，名喚「鐵棒」，也是一個萬夫莫敵的人物；而扈家莊那邊，最厲害的是一個使兩口日月雙刀的女將，名叫「一丈青」扈三娘。

經過重新布署，幾天之後，宋江再次領兵攻打祝家莊。

這回，宋江親自做先鋒、打頭陣，打著一面大紅色的「帥」字旗，引著「鐵笛仙」馬麟、「火眼狻猊」鄧飛、「摩雲金翅」歐鵬和「矮腳虎」王英等四個頭領，以及一百五十騎馬軍、一千步軍，氣勢洶洶的殺奔祝家莊而來。

來到獨龍崗前，宋江勒馬往祝家莊一看，發現祝家莊外頭多了兩面旗幟，上面寫著：「填平水泊擒晁蓋，踏破梁山捉宋江。」

宋江大怒道：「可恨！我若打不下祝家莊，就永不回梁山泊！」

其他四個頭領看到那兩面旗幟，也都非常憤怒。

宋江命令「霹靂火」秦明和「神行太保」戴宗去攻打東門，自己則和「矮腳虎」王英去攻打西門。

來到西門邊，「一丈青」扈三娘催馬出來迎戰，王英一聽來了一個女將，急忙跳上馬、挺槍上前，兩個人戰了很久，王英愈來愈支撐不住，不僅手顫腳麻，連槍法都亂了，結果竟被扈三娘活捉了去。

站在不遠處的祝家三兄弟，以及祝家莊那位非常厲害的教頭「鐵棒」欒廷玉，也都紛紛衝上來，與眾將廝殺，並利用絆馬索與暗器等等，抓走了幾個將領。

梁山人馬在激戰中被衝散了，宋江只得在幾名將領的掩護下往回逃。

扈三娘年輕氣盛，又立功心切，見宋江逃跑，急急忙忙想過來追殺，不料反而因此被「豹子頭」林沖給活捉。

兩次攻打祝家莊都攻不下來，又被對方生擒了幾個將領，宋江的心裡十分氣惱。

忽然，原本留在山上鎮守山寨的「智多星」吳用意外出現，並且還帶來新近投奔入夥的九個好漢——包括「病尉遲」孫立、「兩頭蛇」解珍、「雙尾蠍」解寶、「母大蟲」顧大嫂等，神情輕鬆的要宋江不要煩惱，說事情馬上就會有轉機。

「病尉遲」孫立原本是登州兵馬提轄，他告訴宋江，那位萬夫莫敵的「鐵棒」欒廷玉，和他是同一個師父教出來的武藝，不僅欒廷玉的功夫門路他瞭如指掌，他還可利用這層同門師兄弟的關係，先混進祝家莊，屆時再來一個「裡應外合」，不怕祝家莊攻不破。

於是，孫立馬上把旗號改換作「登州兵馬提轄孫立」，領了一行

人馬，來到祝家莊後門。莊上牆裡看見是登州旗號，立刻飛報進去，「鐵棒」欒廷玉得到報告，就對祝家三兄弟說：「這孫提轄是我弟兄，我自幼與他同師學藝，不知道他怎麼會突然來到這裡？」

既是同門師兄弟，欒廷玉毫無戒心，帶了二十幾個人，就大開莊門，放下吊橋，親自出來迎接。

孫立一行人都下了馬，雙方行禮如儀。欒廷玉問道：「賢弟不是在把守登州，怎麼會突然來到這裡？」

孫立回答：「總兵府行下文書，調我來鄆州把守城池，提防梁山泊強寇。今天剛好路過這裡，因為知道仁兄在祝家莊，特來探望一番。本想從前門進來，但是看見村口、莊前皆屯下許多軍馬，不敢貿然行動，所以才故意從小路繞過來。」

欒廷玉說：「這真是太好了！我們最近正在與梁山泊強寇廝殺，已經抓到他們好幾個頭領，現在只等抓到那賊首宋江之後，一併送到官府裡去。賢弟今天經過這裡，正好可以來幫我們，對我們來說真是如虎添翼，哈哈哈！」

孫立也笑著說：「好啊！那我就幫你們一起抓那些壞蛋，成全兄長之功！」

靠著孫立等人在內接應，宋江第三度攻打祝家莊，果然大獲成功，生擒了四、五百人，奪得好馬五百餘匹，活捉牛羊不計其數。祝氏三兄弟和欒廷玉，則都被殺了。

攻破了祝家莊，梁山泊不僅物資更充裕，好漢陣容也更加壯大。

此外，因為宋江先前早就允諾要為「矮腳虎」王英娶一個合適的壓寨夫人，現在宋江見「一丈青」扈三娘很不錯，便讓兩人成了親。

第十二章　梁山泊英雄排座次

隨著梁山泊的勢力日漸壯大，宋江陸陸續續立下不少功勞，在梁山泊好漢心目中的地位也日益重要；在晁蓋有一次率眾攻打曾頭市不幸身亡之後，宋江便眾望所歸的，成為梁山泊的「第一把交椅」。

後來，他們又吸收了「玉麒麟」盧俊義入夥，盧俊義表現突出，經過了一段時間，便坐上「第二把交椅」。

這天，宋江剛率眾打了一場勝仗回來，心情大好，回到山寨忠義堂，清點梁山泊上大小頭領一共一百零八人，突然有了一個念頭，便對眾弟兄說：「我宋江自從大鬧江州，上山之後，全賴眾弟兄英雄的扶助，立我為頭領，看到今天聚在這裡的一百零八位好漢，我的心裡非常高興！想想自晁天王歸天之後，我們每一次行動都非常順利，沒有折損任何一個大、小頭領，實在是非常幸運、非常難得，全賴老天保佑！所以我想辦一場法事，一則祈保眾弟兄身心安樂，二則祈願朝廷早降恩光，赦免我們逆天大罪，讓我們也有機會盡忠報國，死而後已，三則祈保晁天王早升仙界，不知道大家的意思怎麼樣？」

大家都很贊成這項提議，於是就選定從四月十五日開始，一連要做七天七夜的法事。

在最後一天，白天時明明是風和日麗，天氣非常好，可是到了當天夜裡三更時分，卻發生了一件不可思議的事——只聽見轟然一聲巨響，西北乾方天門忽然裂開一個洞，這是民間傳說中，極為難得一見的「天門開」，又叫做「天眼開」。

從裂開的地方，射出萬丈光芒，還有彩霞繚繞，緊接著就掉出一團火球；火球落在祭壇附近，很快的又鑽入正南的地底去，而就在這個時候，「天眼」也已經重新閉上了。

眾道士紛紛停止了法事，跑下祭壇。現場一片騷動。宋江下令趕緊拿來鐵鍬、鋤頭掘開泥土，找尋方才落入土裡的火塊。

掘不到三尺深，他們挖出了一塊石碑，正面兩側都有好些密密麻麻、活像蝌蚪般、從未見過的文字。

這時，有一個法諱「玄通」的道士走出來，對宋江說：「小道家中祖上留下一冊文書，專能辨驗天書，那上面自古以來也都是蝌蚪文字，所以貧道能夠認得。」

宋江說：「那你趕快譯出來，讓我們知道這上面到底寫什麼。」

道士看了很久，終於說：「這石碑側首，一邊寫的是『替天行道』，另一邊寫的是『忠義雙全』，頂上都有星辰南北二斗，下面都是尊號——這上面刻的都是一些義士的名字啊！」

宋江趕緊把「聖手書生」蕭讓叫過來，要他把道士口述的東西謄寫下來。

道士開始說了：「這石碑前面有天書三十六行，都是天罡星；背後也有天書七十二行，都是地煞星，下面則記載著眾義士的大名——」

天罡星三十六員，分別是：

天魁星呼保義宋江，天罡星玉麒麟盧俊義，
天機星智多星吳用，天閒星入雲龍公孫勝，
天勇星大刀關勝，天雄星豹子頭林沖……

地煞星七十二員，則分別是：
地魁星神機軍師朱武，地煞星鎮三山黃信，
地勇星病尉遲孫立，地傑星丑郡馬宣贊……

原來正是目前一百零八位好漢的名字！

面對這種異象，大家都嘖嘖稱奇。

宋江說：「今天上天顯靈，合當聚義，

既然這石碑上天罡、地煞星辰都已排好次序，眾頭領當各守其位，不要爭執，否則就是有違天意！」

大家都說：「這既然是天意，誰敢不服，誰敢違抗！」

不久，宋江與吳用、朱武等人商議之後，又選定了一個吉日良辰，殺牛宰馬，祭獻天地神明，在山寨上掛起「忠義堂」和「斷金亭」匾額，立起「替天行道」杏黃旗。堂前柱上，還立了朱紅牌兩面，每面都寫了七個大字，分別是「常懷貞烈常忠義，不愛資財不擾民。」

宋江把大家聚集到大堂之上，嚴肅的說：「宋江聚弟兄於梁山，結英雄於水泊，共一百零八人，上符天數，下合人心，今天既然發現我們原是天罡地曜相會，就應該對天盟誓，從此患難相扶，死生相託，一起保國安民！」

從此，梁山泊的好漢個個以除暴安良、保家衛國為己任，「梁山泊」也不再是一個令人聞之喪膽的地方了。

國家圖書館出版品預行編目資料

水滸傳:英雄好漢聚一方/管家琪改寫；D2繪. -- 初版.
-- 臺北市：幼獅文化事業股份有限公司，2024.07
面；　公分. --（故事館）

ISBN 978-986-449-333-3（平裝）

857.46　113008642

·故事館093·

水滸傳：英雄好漢聚一方

改　　寫＝管家琪
繪　　圖＝俞家燕D2
出 版 者＝幼獅文化事業股份有限公司
發 行 人＝葛永光
總 經 理＝洪明輝
總 編 輯＝楊惠晴
主　　編＝沈怡汝
特約編輯＝吳佐晰
美術編輯＝游巧鈴
總 公 司＝10045臺北市重慶南路1段66-1號3樓
電　　話＝(02)2311-2832
傳　　真＝(02)2311-5368
郵政劃撥＝00033368

印　刷＝崇寶彩藝印刷股份有限公司
定　價＝300元
港　幣＝100元
初　版＝2024.07
書　號＝987268

幼獅樂讀網
http://www.youth.com.tw
幼獅購物網
http://shopping.youth.com.tw
e-mail：customer@youth.com.tw

行政院新聞局核准登記證局版臺業字第0143號
有著作權·侵害必究(若有缺頁或破損，請寄回更換)
欲利用本書內容者，請洽幼獅公司圖書部 (02)2314-6001#234